幸福
关键词

优雅的人生整理
让你和家人告别混乱的生活

THE GENTLE ART OF SWEDISH DEATH CLEANING

〔瑞典〕玛加丽塔·芒努松 著
潘婷婷 译

人民文学出版社

著作权合同登记号　图字 01-2018-2194

Margareta Magnusson
THE GENTLE ART OF SWEDISH DEATH CLEANING
Copyright © Margareta Magnusson, 2017
This edition arranged by Susanna Lea Associates
Simplified Chinese edition copyright ©
Shanghai 99 Readers' Culture Co., Ltd., 2018
All rights reserved.

图书在版编目(CIP)数据

优雅的人生整理：让你和家人告别混乱的生活／
（瑞典）玛加丽塔·芒努松著；潘婷婷译.—北京：人
民文学出版社，2018
（幸福关键词）
ISBN 978-7-02-014004-6

Ⅰ.①优…　Ⅱ.①玛…②潘…　Ⅲ.①散文集-瑞典
-现代　Ⅳ.①I532.65

中国版本图书馆 CIP 数据核字（2018）第 057818 号

责任编辑　朱卫净　杜玉花　张玉贞
封面设计　钱　珺
版式设计　汪佳诗

出版发行　人民文学出版社
社　　址　北京市朝内大街 166 号
邮政编码　100705
网　　址　http://www.rw-cn.com

印　　刷　山东临沂新华印刷物流集团有限责任公司
经　　销　全国新华书店等

字　　数　72 千字
开　　本　890 毫米×1240 毫米　1/32
印　　张　4.75
版　　次　2018 年 10 月北京第 1 版
印　　次　2018 年 10 月第 1 次印刷

书　　号　978-7-02-014004-6
定　　价　38.00 元

如有印装质量问题，请与本社图书销售中心调换。电话：010-65233595

给我的五个孩子

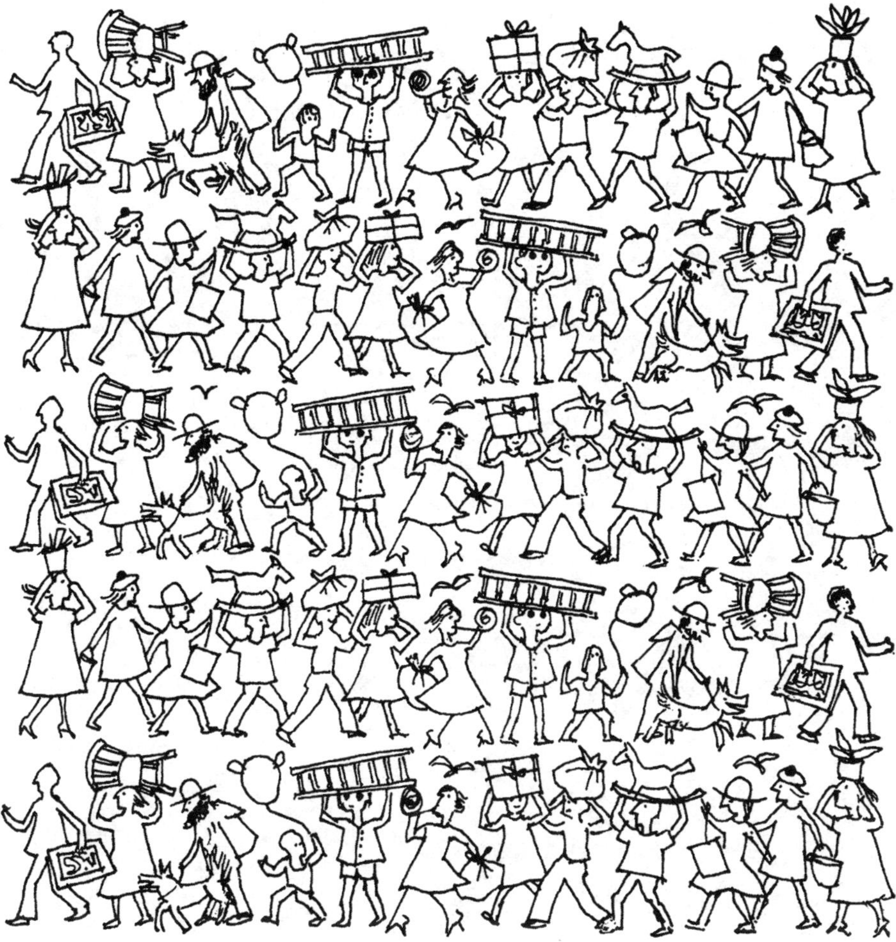

目 录

前言 ... 1

临终整理并不悲伤 ... 1
 我为何写这本书 ... 8
 时光宝贵与帮助父母 ... 10
 如何开始 ... 13
 一个小建议 ... 16
 保留何物，丢弃何物 ... 17
 分类整理 ... 18
 更有组织 ... 22
 当你找不到钥匙时玩"藏钥匙"的游戏毫无乐趣可言 ... 24
 一个极佳的方法 ... 28
 快乐的人 ... 31
 另一种建议 ... 33
 我的第三次临终整理 ... 35
 自行开展临终整理 ... 38
 如何谈论临终整理这个话题 ... 40
 海盗知道临终整理的真正奥秘吗？ ... 43
 只记录欢乐的时光 ... 44
 乐观级小帆船 ... 46
 一个女人的工作 ... 49
 别忘了自己 ... 51
 搬到一个更小的地方 ... 53
 画出你的新家 ... 55
 家 ... 57
 关于堆积物的一些看法 ... 59
 物 品 ... 60

衣　　服　　62
　　孩子衣服上的标签　　65
　　书　　67
　　厨　　房　　70
　　烹饪书和家庭食谱　　74
　　东西，东西，越来越多的东西　　79
　　如果那曾经是你的秘密，让它继续成为你的秘密　　81
　　男人专属洞穴的危险　　84
　　不想要的东西　　88
　　收藏品、收藏者和囤积者　　90
　　在花园里　　94
　　宠　　物　　97
　　克伦普敦的故事　　103
　　最后：照片　　106
　　你不能摆脱的东西　　112
　　要"扔掉的"箱子　　114
　　通　　信　　116
　　书　　写　　120
　　我的小黑本　　123

较之于你的后人，临终整理对你自己也一样重要，甚至
更为重要　　127
　　生命中的故事　　133
　　身后事　　135

附录　来自布胡斯省安德莉亚的三个食谱　　137
致谢　　140
作者小传　　141

前 言

我们唯一能确信的事是我们终将死去。而在此之前,我们几乎能够尝试每一件事。

或许你的孩子已经给过你这样一本小册子,又或者是那些像你我一样情况的人把它作为礼物送给了你。

这其中是有缘由的。你在一生中收集了如此之多的精彩奇妙的东西,这些东西,是你的家人、朋友无法估价、无力照料的。

让我来试着帮你,让你爱着的人对你怀有美好的记忆,而不是恐惧。

临终整理并不悲伤

我在做临终整理，瑞典语叫作：Döstädning。

在瑞典语中，Dö 意指做，städning 意指清洁。在瑞典这是一个术语，表示当你意识到自己离开这个星球的日子正在临近时，把一些不再需要的东西清理掉，从而使你的家变得美好而且有序。

我必须要告诉你这件事是如此重要。既然这是我们迟早都要面对的事，或许我也能够给你一些小小的建议。如果我们想要在自己离开以后替我们所爱的人节约宝贵的时间，这是必须的。

什么是临终整理？对我而言，这意味着，仔细检查我所有的物品，决定如何摆脱那些我不再想要的东西。环顾四周，你的一些东西也许长久以来一直在那儿，以至于你的目光里已看不到它们，也不再对它们做出任何价值的判断。

我认为 Döstädning 是一个新兴术语，这并不指"做整理"这个行为。这个词用来表示一个人做了一次美好而彻底的清理，摆脱了许多旧物，让生活少了拥挤，变得更轻松。它未必非得与年龄、死亡相关联，但它常常就是这样。有时你只是发现你已经几乎关不上抽屉或者壁橱门。当那些事情发生时，那无疑就是你需要做一些什么事的时候了，即便你只不过三十多岁。你也可以把那样的打扫叫作Döstädning，哪怕你离死亡还有漫漫悠长的岁月。

女性经常做临终整理，但女性的工作不常为世人所注意，她们理应得到更多的赞赏。当临终整理开始时，在我这一代人，以及那些比我更年长的人中，女性会在她们的丈夫过世之后进行整理，然后她们继续赶在自己离世前整理自己的东西。人们通常说的"整理你自己的身后事"，就是我们在这里讨论的奇怪的情形——在我们死前整理。

有些人无法面对死亡这件事，于是在身后留下了一个烂摊子。他们觉得自己是长生不老的吗？

许多孩子成年以后不愿意与父母讨论死亡。他们不应害怕。我们必须谈论死亡。如果开这个头太难，我们可以先讨论临终整理。

有一天，我告诉我的一个儿子，我在做临终整理，并正在写一本与此有关的书。他想知道这是否是一本令人伤心的书，或者写这本书时是否令我伤心。

不，不，我说，无论是整理还是写这本书，都完全不会叫人难过。

有时，我会有些不适，面对那些想要摆脱的东西时，我发现自己是如此地不懂得感激。有些东西曾经对我有所裨益。

然而，我发现在这些东西上最后一次花费一定的时间，然后再把它们处理掉是值得的。每件物品都有自己的历史，回忆那段历史往往是愉悦的。我年轻的时候从未有时间坐下来，细细思索它在我生活中的意义，它自何处、何时、于何种情境下为我所有。临终整理与一次单纯的大扫除之间的区别就在于它们所连接的时间的跨度。临终整理不是除尘清扫，它事关一次永恒的安排，这一安排将使你每日的生活进行得更加顺畅。

现在，我不在斯德哥尔摩东奔西跑，不在各个城市间抛头露面，我有了时间回到自己的公寓里，这必然成为了对我的生活的另一种呈现。

世界是不安的。洪水、火山喷发、地震、火灾、战争接踵而至。听听媒体的报道，读读报纸上的新闻，就令我沮丧。如果我不能与我的好友们在一起交流这个世界的负面新闻、共享在大自然中的经历、音乐、美好的事物，或者仅仅是享受简简单单的一个晴天（这在我们北方的气候里是不可多得的），我必将如同植物一般枯萎凋零。

我从未想过要写令人悲伤的文字。这个世界已经存在太多痛苦了。所以，我希望你能从我的文字中、我的想法中发现有用的、愉悦的，或许还有点儿幽默的东西。

自己做临终整理可能的确很艰难。你还没有死呢。但你随时都可以开始你的临终整理。或许你出于一些原因不得不缩小家的面积，或许你单身了，又或许你需要搬到疗养院住。这些情况都将对我们大多数人产生影响。

检查你所有往日的物品，回忆你最后一次使用它们是在何时，而后充满着期望与它们说再见，这对我们大多数人而言都是相当艰难的。比起扔东西，人们更趋向于攒东西。

我曾经为别人做过许多次的临终整理，要是我去世以后还要劳烦别人来为我整理遗物，这会被人诟病谴责。

我可以坦言，人一旦离世，情况无论如何都会乱作一团。同胞兄弟之间因为想要同一样东西而发生争吵这样令人伤心的故事不胜枚举。这样的情况本不必发生，我们可以提前做好安排，以此来减少发生不愉快的可能性。

我自己就有这样一个活生生的例子。我有一只非常漂亮的手镯，那是我父亲很久以前送给我母亲的。按照我母亲的意愿，它最后给到了我手里。规避我的孩子们将来产生纷争的最简单的办法就是卖了它。我认为那是一个好办法。

后来，我与孩子们讨论出售手镯这件事，他们都非常认可我的这个决定。我之前就已经赠予他们一些原本属于我父母的物品，毕竟这个手镯属于我，它的去往将根据我的意愿而定。花费宝贵的时间与我的五个孩子讨论一只手镯的事，看起来是不可思议的，而临终整理就将为我们节约这样的时间。

我为何写这本书

　　我现在已到耄耋之年。到了这么个年纪，我必须要把我的经历告诉你们，这是我的责任，因为我相信懂得临终整理这一门哲学对我们都是非常重要的。这与是否你的父母、朋友或者家庭成员正在老去还是你到了该为自己做临终整理无关。

　　我曾经在国内外先后搬过十七次家，所以当这个时刻，无论你是在搬家，还是要移居国外，或者是前往另外一个世界，这个需要做出何者保留何者丢弃的决定的时刻到来之时，我知道自己绝非在胡说八道。

　　在统计学上，由于女性的寿命要比她们的丈夫或者同伴更长，因而主要是女性在从事临终整理这件事，但有时候，譬如在我成长的家庭里，最初是我的父亲独自留了下来。

　　如果一个人在一个家中生活了很多年，孩子、大人、亲戚、朋友曾经也都来住过，并且感受到主人的热情，那么这个人通常会非常忙碌，他们从来不会想到要精减家里物品的数量。

日积月累，没过几年，家里东西的数量就迅速增长，形势突然之间就超出了掌控，所有的东西累积起来的重量开始令人觉得麻烦。

有一天，你突然对这些东西感到筋疲力尽。当有人取消了一次周末的拜访或者一顿晚餐，你会觉得由衷的快乐，而不是失望。你实在是太累了，以至于都无法为他们的来访去做一次打扫。问题就在于你实在有太多的东西要处理。改变你生活方式的时刻到了，这样的开始从来都是为时未晚。

时光宝贵与帮助父母

当然,当下的许多事情与我年轻的时候已经迥然不同。我并不是说现在更好,但如今时代的步伐非常快。许多年轻人家庭不得不把他们生活的各个方面规划控制在最小的增量上,这样他们才有时间去考虑最重要的事。

不要幻想有人会愿意,或者能够安排时间去照顾那些你自己不愿意照顾的东西。无论他们有多么爱你,都不要把这个负担留给他们。

我第一次遭遇临终整理是在我母亲去世后,我不得不清空我父母的公寓。我的父母结婚已有四十六年。我父亲在搬去另一个小一点的公寓时,无法独自照看这一切,我们一起从原来的家中挑拣出家具、床上用品、厨房用具以及能够让他的新家变得漂亮舒适的装饰摆件和画。

我的母亲是一个非常明智而现实的女人。她做事非常有条理,可在患病一段时间之后,我确信她对自己是否还能活很长时间产生了怀疑,于是她开始提前计划起自己死后的事情。

当我整理他们的家时，我发现了贴在衣服以及许多别的东西上的标签，手写的关于处置每件东西的说明：有些包裹需要捐给慈善机构，有些书需要还给它们原先的主人；一件旧的骑马装应当送到历史博物馆，它的夹克翻领上别着的便条这么写道，便条上还留着我应当联系的博物馆工作人员的姓名。

即便这些小贴士并不是专门为我而准备的，我也深感安慰。我仿佛觉得我母亲就在那儿等着我。她实实在在地为自己的临终做了整理。我对此满怀感激，这也成了启发我的一个非常好的例子，它告诉你如何对自己的物品负起责任，可以在你离世以后让自己所爱的人更轻松一些。

那时候，我的五个孩子在一到十一岁之间，因此我非常忙碌。我的时间少得可怜，所以我们决定与拍卖商一起清理屋子，把那些我父亲不再想要或者他缩小了面积的新家不需要的东西都卖掉。拍卖商的费用是从物品拍卖所得中扣除，所以，我和我父亲都没有额外掏钱。在当时的情境下，那是我们最好的选择。或许你有同胞兄弟姊妹可以帮你，并不需要找拍卖师帮忙。

拍卖公司必须要照料许多事情。我记得他们工作开展之后,一切都进行得非常快。搬运工把东西从楼上搬下来时,我不得不在它们永远从我眼前消失之前拦下他们。一些东西过多地到了拍卖商手里,但我对它们并没有太过于耿耿于怀。有许多更紧急、更复杂的事情等着我处理,诸如孩子的各种需求、父亲对于搬家的精神状态,还有我们失去母亲,他失去妻子时的悲恸。那不是个能够对身外之物细细过问关心的时刻。

同时,我确信,父亲需要的那些基本的东西,我们是有的,譬如厨房用具、家具等。即便一些东西过多落入了拍卖商手里,那也不至于走投无路。最重要的是要留住我父亲在新公寓里想要的东西。我们保留了他最爱的桌子(他在桌上放了我母亲的画像)和椅子,还有一些他不愿割舍的画。

如何开始

如何开始？

要注意到这样的事实，即整理、精简你的家将是一件颇费时的事。老人们仿佛觉得时间过得太快，而事实上是我们的速度变慢了。因此，不要等太久……

要是你只是等待，你的这份新工作绝不会完成得更快，而假设你对此是有所准备的，在决定如何摆脱那些东西时，你必将会轻松一些。相信我，你在检查东西上花的时间越长，你做出保留何物舍弃何物的决定越容易。你花在这桩事上的精力越多，你浪费的时间就越少。你甚至有可能会发现额外的回报，那就是去垃圾场扔掉没用的东西时，那感觉实在是棒极了，当然前提是你能够做到。

这件事，得从检查地下室、阁楼或者前门的橱柜开始。这些地方是暂时能够减轻你的负担的好地方。

暂时——嗯，你保存着的许多东西很可能已经在那儿存放了许多年，你甚至很可能已经忘记了你在那儿放了些什么东西。于你有益的是如果你要扔掉什么东西，你会发现自己不会错过任何一样。

到储藏区，把藏在那儿的东西拉出来。它可能是一个娃娃屋或者一套曲棍球装备，多数是你已经不再需要的东西。有时，你的阁楼已经塞得满满的，你只得把东西放在别人家的阁楼上！可怕！当你再也不住在这儿以后，你觉得会有谁来照料这些东西呢？

告诉你爱的人或者你的朋友，你打算做什么。他们可能想帮你，甚至会拿走你不需要的东西，同时也会帮你搬走一个人无法搬动的东西。到时，你会发现总会有一群你喜欢的人（甚至是不喜欢的人）来到你家，拿走诸如书、衣服、各类用具之类的东西。

你的孙辈或者其他人或许正要搬到他们的第一个新家，你可以邀请他们过来，向他们展示你的那些东西，

并且与他们聊一聊，告诉他们这些东西背后的一些不为人所知的故事（或许甚至是你的生活）。同时，手上准备一些包装袋或打包盒，这样，在聊天的时候你可以顺手把它们包起来，他们就可以随时带走。

一个小建议

不要从照片、信件或者其他一些私人的材料开始整理。

翻阅照片、信件的过程可能既充满欢欣,也难免感伤。但有一点是毫无疑问的,如果你从这些东西开始整理,你无疑会陷入记忆的河流,而后再也无法集中精力去清理其他东西。

你出于某些原因而保留下来的照片、信件,必须等你妥善安置好家具和其他一些物品之后再作整理。一般来说,刚开始临终整理的时候,物品的尺寸真的很关键。从家里的大物件着手,以小物品作为收尾。照片承载着如此丰富的情感,它们会阻碍你工作的进展,但照片也是如此重要,这在本书后面的章节里会提到。

保留何物，丢弃何物

我们整理的目的并不是要搬走那些让我们的生活更愉悦、更舒适的东西。

但假设你无法记清自己物品的数量，那就表明你囤积得东西太多了。

在一个干净整洁的家里，我觉得舒服。我的眼里容不得我不喜欢的东西。如果我有一张漂亮的椅子，我绝不会把脏衣服放在上面。如果我时常在无奈之下把自己费了如此之多精力装修打理好的地方弄得一团乱，那就说明我对自己的家所做的安排上一定是存在一些错误的。

如果我们能够摆脱这些负担，生活将变得愈加愉悦舒适。

分类整理

在家里，你环顾四周，看着这一大堆的东西，它们很可能只有一个共同点，那就是都属于你。但事实上，你所拥有的大多数东西是有很多共同点的。家里几乎每件东西都属于不同的类别。你可以把它们分为家具、衣服、书籍、日用纺织品，等等。

当然，不同的家庭会有许多不同的分类。高尔夫球手、园丁、航海员、足球运动员——都有不同的物品清单。一旦到你搬家的时候，这类物品就更难处理。

请选择一类你觉得容易处理的东西。处理起来轻松的这类东西通常数量大，没有太多情感上的连接。

你在整理上做出的首次选择于你而言应当是简单的，这一点至关重要。我不希望你马上就中途而废。

等你顺利地整理完两三类物品，你会感觉好极了。很快，你的家就会比之前容易打理得多。我敢保证，你的家人和朋友都会鼓励你继续干下去。

通常来说，我会把衣服作为整理的第一份清单。这很简单，因为我知道在我的衣柜里有许多自己很少穿，甚至从未穿过的衣服。

每次，当我为别人做临终整理，譬如我的父母、我的丈夫或者我的婆婆，我也总是从整理衣服开始。这些衣服的尺码往往只适合他本人，除非你知道某个朋友或者亲近的人刚巧就是穿这个尺码的，因此最佳的办法就是把这些衣服全部扔掉。

不过，如果你是从整理自己的衣柜开始，建议你把所有的衣服分成两堆（堆在床上或者桌子上）。

第一堆是你要保留的衣服。

第二堆是你不想要的衣服。

然后在第一堆衣服里整理出那些需要做修改或者干洗的，然后把剩下的衣服放回衣柜。

把第二堆的衣服扔掉或者捐掉。

当我看到那成堆的衣服，我简直难以相信自己竟然买了这么多。我猜测这是生日礼物和圣诞礼物的缘故。有些衣服太小，有些则太大。如果你的身材在过去一年来发生了很大的变化，我会建议你把那些不再合身的衣服放到第二堆里去。

把全部的衣服仔细翻过一遍以后，我成功地从我的衣柜里理出两条裙子、五条围巾、一件夹克和两双鞋。

一个孙儿拿走了其中一双鞋,我把剩下的都捐给了红十字会。棒极了!

我们的社会或多或少都需要我们针对不同的场合作相应的装扮,日常的、节日的、婚丧嫁娶,等等。我们也必须知道我们的衣服会帮助我们适应不同的季节和工作环境。

或许,你是那些有着所谓"步入式衣柜"的足够幸运的人之一,但假若真的如此,你也将毫无疑问地遭遇这样的不幸——你有更多的衣服要晾晒、洗涤、打理……最后扔掉。

我年轻的时候,读到一篇非常精彩的文章,是关于怎样安排一个不需要经常整理的衣柜的。文章的观点是,决定一个人穿着得体的不是衣服的数量。文章主要都在讲如何仔细挑选衣服,如何把它安置妥当。我的余生都是在践行这个观点。在衣橱里,就像在你家里的其他地方一样,最重要的是安排,这样你就能够在需要一样东西的时候,轻而易举地找到它。

我认为你衣橱里所有的东西都应该看上去风格协调一致,你在打扮自己时能够方便混搭或者互换。

现在,如果你要整理你的衣橱,最好是花上几小时的时间来仔细地看一看，确定哪些是你真正不可缺少的。一定会有些东西是冲动购物的产物，或者有一些衣服实在无法和其他的衣服搭配在一起——当你把你的衣橱作为一个整体来看的时候，它们通常是很容易被发现的。只留下那些你认为自己确实会穿或者与你的情感有着强烈关联的衣服。有时候，相较于简约淡雅的衣服，一件颜色或者式样非常具有冲击力的衣服确实会令你眼前一亮，穿上它时会心情愉快。

我有一件在任何场合都能穿的夹克。那是我在许多年前在中国的集市上从一个女士手中买来的。它由许多布片拼接而成，上面刺绣着许多好玩的、充满想象力的动物图案。它色彩缤纷，缝合的线脚细致。这些回收的东西经由我的某些想象产生了一些乐趣。这是集市上的那个小个子女人做的吗？或许是。我想把这件夹克保存下来，因为它让我觉得快乐，我还在平安夜的晚上穿着它。

但这并不是一个典型案例。我们必须坚持研究，打扫，布置，整理！

更有组织

在一个整理有序的家里,做临终整理通常更容易。借由"组织"一词,我意在表明所有的东西都应当有自己的处所。如果你的家乱得一塌糊涂,根本就无法清理。但要处理这个乱糟糟的情况,任何时候都不会太晚。当你犹豫手上拿的这件东西将归于何处时,你或许会发现你根本就不需要它。

我住的地方有一个叫作"高级网络"的俱乐部,在那儿,退休的或者是任何年龄在五十五岁以上不太会电脑的人,都可以从已退休而且更能干的老人那儿获得电脑使用方面的帮助。

帮我的那个人对我电脑文件的杂乱表示不满。

他看着屏幕说:"这就像把马桶放在了厨房里。"

所以,他帮助了我,为我的文件做了归类整理。那时候,我已经七十六岁了,但我得到了我所需要的帮助,之后,我在我的电脑里找文件就方便多了。

同样的情况也会发生在你身上、你的家里。你甚至不需要通过一台电脑来意识到这个问题。我只是在做一个类比，因为电脑里所有的文件都是经过分类整理的。

当你找不到钥匙时玩"藏钥匙"的游戏毫无乐趣可言

孩子还小的时候,我们会举办生日派对,在派对上,我们常常玩一个在瑞典语中叫作"藏钥匙"的游戏。哦!那是多么好玩呀!我会把那把钥匙——一把来自十七世纪的钥匙藏起来,藏在我们家的某个地方,然后让这群孩子输掉游戏。这就和捉迷藏游戏差不多,只不过不会发生有些可怜的孩子躲在壁橱里最后惨遭遗忘的事。这样,我藏起了钥匙,无论哪个孩子靠近那个小小的宝藏,我就会喊:

"天气正在变暖啦!"

如果他离得太远了,我就会说:

"天气越来越冷啦!"

玩这个游戏是如此欢乐。但是,对于一个成年人而言,早上醒来找不到自己的眼镜可就毫无乐趣可言了。

在你四处寻找的时候，可没人会提醒你说，"天变得越来越热了"。所以，赶紧整理！

如果你在一个家已经住了有一阵子，要保持家里的整洁有序应当是比较简单的。

不过，我知道有些家庭完全生活在混乱之中（在这儿，我不会提起我孩子的名字，但是你们知道我说的是谁）。混乱往往叫人无端恼火，即便是在一个相当小的家里，试想一下在家里一个人或者几个人不断往返着寻找钥匙、手套、身份证或者手机，诸如此类的事吧。

所有的这些东西都有它们的共同之处。它们应当有自己的归属，但现在还没有。给每样东西安排一个地方，当你准备走出这个房子的时候，你就不会觉得生气、恼火或者绝望。你不会再如此这般频繁地站在门口大喊：我的这个或者那个东西在哪儿。作为随之而来的改变，同时也作为一种额外的馈赠，你或许也会准时回到家。

大多数人每周在家做一次清洁。当你用吸尘器或者拖把给家来一次细致的打扫之时，你可能会发现一些本该放在别处的东西。钢琴上的手套，厨房里的毛刷，沙发上的一串钥匙……

打扫房间的时候，随身带一个包或者穿一个有大口袋的围裙。无论何时，只要你看到有些东西不在它原来的位置，就把它放进围裙口袋或者包里。等你完成打扫，你可以把刚刚收集起来的东西给共同生活在这个家里的人看看，请他们把自己的物品放回原来的地方。有些家庭有太多放错了地方的物品，以至于一个包或者一个围裙口袋都显得不够大。这些家庭需要立即整理布置。我一直都在整理我的家，经常会清理这些杂乱的物品，所以我专门有一个带有口袋的围裙。它的款式很时尚，上面有一个漂亮的美洲豹的图案。它太美了，我都想时时刻刻穿着它，甚至是我外出吃饭的时候，也是这样。

在门厅的墙上，安装一些挂钥匙的钩子，一些可以放盒子、手套、帽子、围巾的篮子，会带来很多好处。如果你住在一幢有好几层楼的房子里，可以在每层楼的楼梯口放一个篮子，篮子里装一些上下楼必须用到的东西，这会帮你节约时间。不过，千万别把脚伸到篮子里去。

有一次，大约是十年前，我和家人一起参加了为期几天的航海旅行。不知何时，船上的人都要从船上离开一个多小时，舱门需要关上，可是，谁都找不到上次我们开门时用过的钥匙。谁拿了钥匙？最后一次是谁用过它？美丽的海岛风光环绕着我们，而下船后我们的每一次旅程，都带着糟糕的心情开始，旅程中还总是因为要寻找那把钥匙而受到干扰！设想一下，要是舱门里有一个用来专门挂钥匙的挂钩，它将大大照亮我们在船上的生活！

有时候，细微之至的改变所产生的影响会令人叹为观止。如果你发现自己总是一而再、再而三地遇到同样的问题，赶紧把挂钩装上！

一个挂钩又花不了什么钱。

一个极佳的方法

我婆婆过世的时候，我与临终整理第二次直面相逢。在这之前，她早就搬到了一个小得多的公寓，并且已经成功摆脱了大多数她不太用得到的东西。她的小公寓看上去也总是那么美丽、怡人、舒适。

我婆婆认识一个女人，她会过来帮她处理那些她自己无法处理的东西。我婆婆叫她"白雪公主"，我们从未见过小矮人的影子，但这位白雪公主却拥有了他们吃苦耐劳的品质。

我的孩子——她孙儿们，住在了他们人生中首套小小的成人公寓里，喜欢到他们的奶奶家里玩。她过去常常给他们准备精致的晚餐，并给他们讲很多年前她和他们的爷爷一起住在日本的那段时光。那时候，他们的爷爷在瑞典火柴公司工作。

在经济大萧条最严重的时期，我的婆婆和公公，以及他们的儿子（我的丈夫，出生于1932年）回到了他们瑞典的家。

我的婆婆真的是一个非常能干并具有天赋的女人。

在从日本回到瑞典的二十世纪三十年代,她在城市的主要街面上开了一家小店,在那儿,她卖一些丝绸、瓷器、漂亮的漆器、篮子以及其他一些从日本进口过来的东西。我相信她是第一个使用篮子装其他一些东西而不只是用它来装脏衣服或者采蘑菇的瑞典人。譬如她会把鲜花装在篮子里布置起来——现在这样的做法很常见了(你可以在篮子里放一个花瓶或者其他合适的容器,这样你可以往里面倒一些花儿需要的水)。

很快,一些上层阶级的女人找到她的店来,那时候,她的店名叫作 Mt Fuji。在我婆婆作为店员为那些所谓"精致的女士"提供服务的时候,发生了许多开心的和不快的故事。

在我婆婆生命的最后几年,我们每次去看她,或者她来我们家时,她都会拿出一些精致的瓷盘、漂亮的桌布或者印染精良的餐巾,让我们带回家,或者就在我们离开时把这些东西塞到我们手里。在她最后一次搬家,住到她最后的那个小公寓之前,这样的情形维持了好几年。这是她做临终整理的方式,一段时间以来,她以一种安静、慈祥的方式,慢慢地、不张声色地处理了很多东西。与此同时,她也使她的朋友、她所爱的人的家里增添了美好而有用的东西。

　　那时，我从未意识到她是如此的体贴。当然，尽管她做得这样周到，我们还是有许多事情需要料理。但是，较之于原本的情况，我们要料理的事务已经大大减少。直至今天，我都为此而心怀感激，她让我们在她过世之后要处理的事变得容易很多。

快乐的人

我认识许多人,他们能够坐在一个乱糟糟的家里,表现出似乎是欢快和睦的样子。在我看来,他们真是太好笑了。我不能理解他们。

有时候我觉得很嫉妒,如果我自己在一个像被烘干机烘干的皱巴巴、乱糟糟的家里,我是无法感到快乐的。

如果仅仅在十年里我们的孩子增加到了五个,就必须重新把我们的家布置成一所瑞典托儿所的样子。每个孩子都有属于他们自己的颜色,有着同样颜色的小房间,还有属于他们自己的挂衣钩。他们所有的外出服都会挂在那个挂钩上,或者锁在小箱子里。孩子们的外出服绝不会进入日常起居的空间。把夹克挂在挂钩上,把手套放在它们本该在的地方,并不会比扔在地板上花费更多的时间。最好的事情是孩子能够独立找到自己的东西,而从不会问"妈妈你看到我的……了吗?"

寻找放错地方的东西绝非一种对时间的有效运用。

在临终整理这件事上,家里混乱无序的布置对于你所爱的人的时间而言,也不是一种有效的运用。当他们不得不为你的东西做出安排时,他们绝不会成为快乐的人。

如果你能够在一生之中始终致力于让东西保持井然有序,那么临终整理对你自己以及那些你身边的人而言,都会变得简单。

另一种建议

如果你决定要独自整理、精简你的家，你或许会想跟某些人讨论这件事情，那些人并不是你的家庭成员，他们与你想要处理掉的东西也没有情感上的关联。

或许你想要从这些处在相同情境下的人（除了我），或者一些小年轻那儿得到一些建议或其他的观点。最好是他们的想法与你的不同，那样会很好。那会帮你站在一个全新的角度审视自己的工作——甚至其他一些困境。

如果你与他们住得并不太远，请他们过来。不要忘了写下一个你希望他们提出处理建议的物品清单。没人愿意傻等着你从脑海里搜索出那些问题。下面是一些我在做临终整理时想到的一些的问题：

这些书捐到哪个慈善机构最好？

这幅画没有什么特别的价值，但真的很漂亮，会有人想要吗？

我可以将这把旧的日本武士刀送给我十几岁

的孙儿吗？

这并不是什么宏大、复杂的问题，而是一些可能需要另一种建议的问题。

我的第三次临终整理

我第三次接受临终整理的挑战,并不是在别人的家里,而是在我自己的家。我的丈夫经受了漫长的疾病煎熬,在四十八岁那年病逝了。我挣扎着一边整理他所有的东西,一边着手思考怎样把我自己的东西整理好,然后搬到一个小一些的生活空间里。

当你与一个人夫妻相伴许多年后,你难以接受自己又变成单身的事实。你最喜欢的,能够给予你建议,并且帮你解决问题的人,再也不在身边了。他将再也不会现身伴你左右,让生活更容易一些。这是我们每一个人都会遭遇到的可怕的事实,它以不同的方式呈现,无论是失去配偶,还是不可避免地失去了我们最亲密的朋友,抑或是家庭成员。

我竭尽所能地以我认定的其他人所希望的方式在来证明自己:我并没有崩溃,我正努力地让生活继续。

同时,在某种意义上说,我最亲密的、最要好的朋友仍然在我们家里,这让生活难以继续。我意识到我不得不尽快为自己找一个新家。那个地方将不会有那么多的回忆,也会更方便让人去料理——它或许并没有一个大花园,也没有太多的台阶和房间需要清理。我将不再享受或者说我已经不再有能力去修理草坪或者铲雪……又或者不再对打扫之类的事情有任何的兴趣。

把一个宽敞的有着大花园的家缩到一个只有两个房间和一个阳台的公寓,在几小时内是无法完成的。我的已成年的孩子们带走了部分衣服、书籍、工具和家具,可毋庸置疑,还是有大量的东西需要整理分类,以此来决定是否继续保存还是扔掉。

我联系了一个估价师,他看了看我想要处理掉的那些东西,并给了我一个报价。我把其中一部分东西拿出来便宜出售了,然后我请我的朋友和邻居过来看看,是否有什么东西是他们想要的。之后我到每个房间列了一个清单,并给每件物品都留下一个明确写明如何处置的便条。在灯边上,我会写"给彼得",在一幅画边上,我会写"给艾伦姨妈",在那些我无法给具体某一个认识的人的东西边上,我会写"捐给慈善机构"。

做完这些,我给家里的每间房间一个礼拜的时间来完成清理。通过这种方式,我感觉自己能够毫不匆忙地独自完成临终整理。所有的房间都整理完毕后,我心安理得地好好休息了一阵。

　　当然，有些诸如洗衣房这样的地方用不了一整个礼拜，这就可以留出多余的时间来处理其他一些和房子有关的事，使我们离开它、转卖它变得简单许多。

自行开展临终整理

在我第三次做临终整理时，如果我丈夫能够陪着我，帮我一起理干净我们的家，将会无比美好。但那是不可能的，他已经去世了。

因为葬礼，我的孩子们全都回家了，但丈夫过世后的整理还是几乎耗费了整整一年。我始终保持着一种稳定的速度。在清理一些无人在意的东西的同时，我记得孩子们曾经表达过他们对某些东西的喜爱，所以我把这些东西留了下来，准备将来给他们。

如果我叫我的孩子或者我的媳妇、女婿来帮忙，我保证他们一定会尽最大的努力帮我。但我没有开口。三个儿女的小孩还很小，他们在美国、非洲还有日本这些地方工作，离我在瑞典西海岸的小家可谓千里迢迢。要迎接我的儿女以及他们的孩子，还有他们所有的行李包裹，是一项太大的工程。而且，我讨厌向人寻求帮助。

一个人整理那所有记录着我们曾经共同度过的生活的东西（大多数在五十年以上，有些不到，五个孩子）让我备感孤独。我丈夫本应在六十五岁，甚至可能更早一些，在我们的身体都还比较强壮、健康状况也更好一些的时候和我一起来做这件事。可每个人都觉得自己的生命将永无止境。就在突然之间，我的灵魂伴侣走了。

事后回想，我认为独自做这件事可能是一件好事。或许，我一个人做反而更简单。

倘若我和我的丈夫一起清理，那将花费我们几年的时间。男人更倾向于保存大多数东西而不是扔掉，即便是一些最小的螺帽、螺丝钉。他们认为——他们常常就是这样认为的，那每一样小东西以后都会有派得上用场的时候。

倘若我的孩子们来了，他们更会把每一件东西都留下。每一件东西！或者，他们会对保存什么东西持有不同的、令人困惑的意见。

所以，最终，最好的办法恰恰就是我独自来整理。从另外一方面来说，如果你的孩子手头有大量的时间，无论如何要让他们一起参与你的整理。

如何谈论临终整理这个话题

当我年轻时，向长辈，其中也包括父母，说出自己的想法的确是不礼貌的行为。对于年轻人来说，如果长辈没有事先询问他们的观点，他们就开始讨论起某些话题，那是尤其令人不悦的。直言不讳、坦率诚实，被认为是粗莽无理的。

那就是为什么那个时代的成年人——我父母的那一代以及他们之前的父母亲，对年轻人心里想些什么毫无所知。即便他们知道点什么，父母与孩子之间也无法互相理解。那是非常愚昧而令人悲伤的事情，错过了让几代人更好了解彼此的良机。而死亡，以及为死亡做准备，更是平时不会触及的话题。

如今我们通常认为诚实比礼貌更重要。如果可以综合上述两者，那是最佳的结果了。我认为如今的年轻人不再像我们这代人那样因为含蓄内敛而"得体"。为了不伤害人们的感情，表现得体可能具有重要的意义，但是既然我们所有人必须——迟早有一天直面死亡，"表现得体"在我们必须要寻找某种方式去展开关于临终整理的讨论这一点上,并没有多少存在的价值。

如今我们可以更轻松地对父母或者其他人坦白地说:"当你不再有力气或者有兴趣来料理你这些东西的时候,你准备怎么处理它们?"

许多成年的孩子为他们父母多年来囤积的大量的物品而感到担忧。他们知道,要是他们的父母不再能够独自打理这些东西,他们将不得不为父母代劳。

如果你的父母正在老去,而你又不知道如何谈起这个话题,我建议你去看看他们,坐下来,以一种委婉的方式问:

你们有这么多美好的东西,你们想过以后怎么处理吗?

你们喜欢拥有这所有的东西吗?

如果我们把你们这些年来收集的东西处理掉一些,生活会不会稍微简单一些,不再那么累人呢?

为了将来你们不在这儿以后这里的东西不会太多,我们一起能够慢慢地做些什么吗?

老年人的平衡性通常不太好。抹布、堆在地板上的书，还有一些摊在房子里奇奇怪怪的东西，都可能成为安全陷阱。或许，这可以是你们开始讨论这个话题的一种方法。从地摊开始，它们真的安全吗？

在这儿，或许得体仍然很重要。尽你所能地用婉转、体贴的方式去问这些问题。在最初几次你问的时候，你的父母可能会逃避或者是转移这个话题，但请你坚持再问一次。如果你无法让他们与你一起谈论，那么，让他们冷静地思考一下，几个星期或者几个月以后，你回来再问一遍，或许，情况就会发生细微的变化。

或者你可以给他们打一通电话，提起你想要他们房子里的某些东西，能否现在就把它们带走？以这样的方式去处理东西或许会让他们感到放松，这也会帮他们渐渐看到为自己临终整理的希望以及一些可能的快乐。

如果你是如此畏惧自己对父母有一丁点儿的无礼，不敢主动和他们提起这个话题，也不敢问一些能够帮助他们思考如何处理东西的问题，那么将来你陷入困境之时，千万别惊讶！

一个被你所爱的人希望从你身上继承美好的东西，而不是从你这儿继承所有的一切。

海盗知道临终整理的真正奥秘吗？

我有时想，生活和死亡在我们的祖先北欧海盗的那个时代一定会简单很多。

他们在埋葬自己亲属的同时，也随之埋葬了许多物品。已逝的人在那个新环境中，对任何事物当然都不再怀有任何思念之情。同样确定的是，他们那些尚且在世的家人也不会因为看到帐篷或者茅屋里到处都是逝者生前的东西而一再被他们的亡灵烦扰。

你能想象在今天可能发生同样的事吗？如今，为了让这些东西随他们而去，人们不得不准备一个奥运会规模大小的游泳池来埋掉这些瑞典话称之为 skräp 的垃圾。

只记录欢乐的时光

阿巴乐队的歌手安尼·弗瑞德·林斯塔德曾经有一首歌这么唱道:"唯有快乐的时光值得回味,忘却让你悲伤的时刻……"把时间留给快乐的时刻是非常重要的,这些快乐的时光将来会成为美好的回忆。

瑞典有着超长的海岸线,航海在我们国家非常流行。在我家,我们曾常常驾船出海,并且,我们讨论过许多关于航海的事。我们的晚餐经常会变成一场场名副其实的帆船比赛。

在我们的想象中,许多餐具瞬间都变成了船只。刀叉、勺子互相攻击,芥末瓶变成了圆形的浮漂,要抵达位于胡椒磨和盐罐子之间的鱼线,会是一场激烈的战斗。

我们谈论最近的一场比赛,并嘲笑水手的一些缺点,后来想起我的丈夫,孩子们的父亲,我们都哭了。

当我准备离开我的房子,我问我那已成年的孩子们,他们是否想要这张进行过如此之多充满想象的帆船比赛的桌子。他们所有的人都说不。

幸运的是，就在我准备把这张桌子捐出之时，一个孩子偶然有了一间新的公寓，他需要一张桌子，所以这就有了今天。我很高兴，这个孩子会记得与这张桌子有关的那些快乐的比赛，或许，他还会与他所爱的人共同创造新的欢乐的回忆。

　　当然，要是家里面没人拿走它的话，它或许已经成为了某个人家里的一张漂亮的桌子。你可以怀揣着希望在家等候着取其所需的人，但你不能永无止境地等待，有时，你必须怀着这样的希望把你所珍爱的东西赠予他人——它将到达某个人身边，这个人将就此创造属于自己的新的回忆。

乐观级小帆船

孩子长大离开家的几年后，我们家还有一艘小木船。过去，我们常用它来教他们长大后如何驾船航行。小船并不碍我们什么，我们也并不真的想要摆脱它，部分原因是它承载着如此之多欢乐的航海的记忆，还有部分原因是我们觉得它对于我们的孙儿孙女这新一代的孩子们而言，还将会是一个充满乐趣的东西。我们想一直把这艘小船留在身边。

我们后院有一个典型的瑞典风格的装着白色门窗的红色仓库。受它庇护，小船找到了藏身之处，等待着我那些孙子孙女的到来。仓库里既不过于潮湿也不过于干燥，因此小船在仓库的"呵护"下，在那儿善解人意地耐心等待了许多年。

最后,在我的孙儿孙女中,没有一个孩子觉得开船航海是一件特别有意思的事,因此我们卖了这艘小船。我们有些悲伤。他们都被送去了学校,大多数孩子都喜欢上课,在课上,他们学到了船翻时该做什么,在水中如何保住性命的知识。这是一门很好的课,可课上涉及真正驾船航行的部分却难以引发他们的兴趣。

小船有点像那种乐观级小帆船的样子。它是一艘先驱者的船。如果小船能够开口说话,它原本可以讲述的那所有的故事将会令人难以置信:关于胜利和失败的故事,关于海洋和海岛的传说,还有它曾经载着主人去往的各种峡湾。

我还清楚地记得我们开着小汽车去法国参加帆船比赛的经历。我们带着五个孩子、孩子们的一个朋友,还有四艘乐观级小帆船。一艘船装在车顶上,三艘装在后面的拖车上。到达比利时根特时,天已经完全黑了,我们都不知该走哪条路可以到达目的地。

这时,我们看到一个警察坐在路边停着的一辆警用摩托车上,我丈夫停下车,摇下车窗,向他问路。警察看了看我们载着的帆船,又看了看车里这些满脸好奇的孩子，鸣响了警笛，突然间又出现了三个骑摩托车的警察。就这样，我们被四辆警车——两辆在前，两辆在后——一路护送着穿过了小镇。你能想象我们有多么激动吗？要是没有那艘小船和它的朋友们，这一切都不可能发生。

因此，我们对这艘小船的难以割舍是可以理解的。但我们也从中懂得自己不应该紧紧抓着那些没人要的东西不放。

一个女人的工作

有时候，我很好奇，妻子过世后，成为鳏夫的男人们将怎样应对。

和我同一个时代的男性通常做得很差劲，尤其是那些被妻子宠坏了的男人。他们甚至都不会做水煮蛋，更别说钉纽扣了。我的丈夫基本能够处理多数日常的事务，譬如做饭、修修补补等。我父亲是个医生，他会把自己钓的鱼剖洗得干干净净，看起来他仿佛刚刚在鱼身上做了一台手术。他切下的鱼片绝对都是没有鱼刺的！但他会烧鱼吗？不会。

长期以来，对一个鳏夫而言，最好的办法就是尽快找一个新的妻子——她可以洗衣，熨烫，拯救他们于迫在眉睫的饥饿之中。

我认为下一代男人如果不幸丧偶，他们能应付得更好些。在瑞典，许多年轻男子喜欢缝纫和编织，还有些人是了不起的厨师，能够将不同风味的食物组合在一起，做出令人口齿留香的美食。当他们打算穿件针织衫时，他们还不至于愚蠢到浪费时间去熨烫整件衬衫，他们知道只有领子和袖口才是关键。当这一代年轻人老了以后，他们所掌握的技能将对自己大有裨益。

我猜想，临终整理已经约定俗成地成为了女人的工作。女性一直以来都掌管家务，寿命也更长一些。身为女性，我们也经常在孩子、丈夫离家之后做整理，所以我们习惯了清理这项工作。

我这一代女子在成长过程中始终被要求不妨碍别人，不要以她们的存在打扰周围的环境。她们不能像男人那样拥有独立的空间。我女儿常说，我真担心自己会成为一个令人讨厌的人，而担心本身也成了一种烦恼。男人是不会像我这样想问题的，但他们应该想一下他们也有可能成为一种妨碍。

别忘了自己

做临终整理的时候,千万别忘了要照顾好自己当下的生活:你的家、你的花园,还有你自己。

如果你决定要缩小家的面积,不紧不慢是件好事。有可能的话,你可以按照适合你的进度来把握时间。这会是件吸引人却累人的事,但关键是你不能超负荷工作。

当你想到自己在从事这项工作的时候所节省下的钱,以及你让你的家人朋友免于此事而节约下的时间,你会觉得你正在做的这件事是值得的。

同样,也许就像我一样,你将意识到自己竟然拥有如此之多有价值的东西,你希望它们能够为其他人所拥有,希望他们因此享受到其中的乐趣,并好好地照看它们。

然而,现在可不是陷入回忆的时候。不是。现在为你的将来做好规划更重要。期待一种更简约、更平静的生活——你会爱上它!

把整理作为一项普通的、日常的工作。在日常的生活中,尽可能多地享受所有你喜欢的事情,和朋友在一起，从事慈善、散步、玩保龄球或者打牌。一个女士抱怨说，家里四个人中有两个人离世了，打桥牌已经毫无乐趣可言。这的确是件很伤心的事。然而，与年轻人一起聚会娱乐也是一件美好的事。他们会一如你珍视他们的友善一样珍视你的友善。此外，他们不会总是谈论什么听到救护车的声音或者其他一些伤心的事。

你可能还会需要用一些时间去看验光师、看牙医，或者去医生那里体检之类的事。那些也是需要时间的。

我在做临终整理时，通过联系拍卖商、古董商、二手物品商店以及慈善机构，认识了一些非常有趣、滑稽而可爱的人。

老去当然并不是为了变得虚弱无力。这就是为什么你应该尽早地开始整理。你迟早都会下定决心，这实在是太好了，你将体会到自己尚有能力做好这些事的快乐，而不再因为要收拾太多的东西、整理太多烂摊子而受尽拖累。

有时，我的确非常怀念我的花园，但我不得不说，欣赏别人家的花园可要容易多了。（如果有人想学习园艺或者讨论这个话题，他们会问你，然后倾听你的意见。你仍然还掌握着这方面的知识。）

搬到一个更小的地方

最近，我在一份美国的报纸上读到一则新闻，关于一类新兴的人群，他们可以受人雇用帮助老年人精简物品，并以老人喜欢的方式为他们整理规划出一个小一些的新地方。我认为那是个好主意，可当我看到人们因此讨价还价时，我担心最终要付出这样的代价：太小心周到的临终整理会浪费太多太多的时间。

雇一个这样的专家也可能让进程过快（因为你并不想为太多的时间支付酬劳），以至于你的头脑里都没有片刻平静的时间来为你的新家细细思索筹划。别忘了，未来你还要生活许多年，而这是一个很好的理由，让你好好地看一看自己的东西，想一想，你想要留下哪些家具、纺织品、书籍、画、灯等之类的东西。

做这些事，当然有许多的方法，也许你有好的借鉴，如果没有，这就是我做精简时所用的尽可能简单的方法：

我为每间房间或者每个地方都取了一个名字，在纸上做出这样的一列列标注：捐赠、扔掉、留着、搬走。

当老年人社团、红十字会等各个部门来收东西的时候，它们会帮我不遗忘任何一件东西。

我的房子卖了以后，新的业主想要买下部分家具。我就把这些家具列入了要保留的那一栏，并在每一件东西上贴上一个红色的写着"保留"的标签。

不久，我就在另一个小镇上找到了一间两居室的公寓，我早年就很熟悉那儿，我有两个孩子在那里生活，而且我在那儿也有一些朋友。

我并不想自己一个人来做打包、搬运、搬家这些事。现在是时候到至少两个搬过家的人那儿问问他们对于搬家公司的选择，不过，在我决定选择哪家搬家公司之前，我还需要做更多的准备。

画出你的新家

在我雇用搬家工人之前，我去了新的住所，仔细测量了每一个地方。经纪人给你的公寓平面图通常不会很精确，而事实上精确是非常重要的。想象一下要是搬家工人已经把一个大衣柜抽屉搬到了楼上，可它却宽了五厘米的后果吧。这真是一件浪费时间的事情，而且对你和搬家工人来说都会非常恼火。

因此我首先带了一张大的图纸，在上面画出了公寓的平面图。我也测量了所有我希望能够适合这个小房子的家具的尺寸，并在图纸上按照方形或者矩形的样子把他们一一画好。我为它们都取了名字，这样我就知道它们各自代表着什么，然后再把它们一个个剪下来。

这样在为我的新房间布置家具时，就只需要把所有的正方形或者长方形按照我所画出的图纸放到各自的位置就可以了。当然并不总是有房间可以放下所有我剪下的家具图形，但最重要的是这样可以清楚地知道在我打算要带的那些东西中，哪一件可以真正在我新家找到合适的"安身之处"。

那些并不适合的家具之后经历的流程就像我之前扔掉的那些东西一样。我先问了一下我的孩子，然后是拍卖商，最后是朋友和邻居。

　　在我正式搬家的前一天，我把所有即将搬走的东西再次确认了一遍，它们是否都正确地做了标注，这样搬家工人就不会把那些我并不想要或者那些并不合适的东西搬过去。这件事情就跟更改我的邮政地址、将水表以及电表账单的户头改为新业主的名字一样重要。

　　我早已知悉所有的东西都将适合我的新房子，搬家就是一件容易的事情。我入住后就没有再去寻求别人的帮助，对比，我感到十分欢欣满意。

家

十年前,我从瑞典的西海岸搬到了斯德哥尔摩。我做了一个明智的决定,搬家的时候不要匆匆忙忙,我花了一些时间仔细地规划了搬家这件事,非常认真地就将来我想要的生活做了思量。

新的公寓大楼有一个可爱的庭院,庭院里种着许多绿色植物、树木,还有花朵,外面有一个户外的休息区、孩子们的游乐场、自行车位,还一个为有车族准备的停车库、一间可以供客人便宜租住一两天的公寓、一间设施齐备的洗衣房,外出交通也很方便。在你要买或者租一个新房子住之前,好好看一看周边适合你的娱乐设施是很重要的。

我认为我不会再搬家了,而我现在的年龄已在八十到一百岁之间了。在这样的情况下,为我所拥有的东西列一份清单并没有坏处。我有太多的衣服、太多的书,而我只有一间可以容纳一张桌子、六把椅子的房间,我不再需要十六个盘子,同样我也确信那些桌布、餐巾的数量也需要减少。

我买过一台小型的简易碎纸机,我期待着好好翻阅一下自己往日的书信和一些不再重要的文件——它可能来自我丈夫和我以前做的生意,可能来自其他一些金融方面以及银行方面的交易以及大量用订书钉订在一起的支付凭证。要说我在临终整理中明白了一件事情,那就是我讨厌订书钉。

我丈夫曾是一个非常有条理的人,这在那时是个优点,但如今这些钉书钉却成了问题,我不得不逐个逐个地把这些小金属片拆下来,好让它们不至于弄坏我那宝贵的碎纸机。胶带让我现在的生活方便了许多。在你准备把文件订在一起的时候,可要牢牢记住这一点。

关于堆积物的一些看法

我的一生都在画画。幸运的是，成为一个艺术家相当重要的一点就是要能够割舍下你画过的那些东西。我曾经逐步地把自己的作品出售或者捐掉，就像我当初创作出它们时的速度一样。当我不得不对自己的生活方式作精简时，我有着大量自己并不满意的画作。我之前之所以把它们保存起来，是因为我想再做些修改完善。新家没有房间可以存放那些画作，所以我处理了它们。我把它们付之一炬。

或许是由于我的一生都在摆脱自己的作品的这个事实，让我对于摆脱其他的东西也不那么多愁善感。

令人惊奇，同时还有一点奇怪的是，我们的一生竟然积累了这么多的东西。

物 品

当我们还保存着老式咖啡机、搅拌器和平底煎锅时，豪华咖啡壶、高速搅拌机、全自动的锅子这些新的现代化设备装满了我们的厨房。在浴室，你最新的眼影或许已经是十年前的了，你所有的指甲油都是上一季的流行色。药箱里装满了没人要吃的风行一时的维生素，药品也已经过期了，甚至连桌布或者床单也讲究流行的式样，我们始终在追求新的式样，即便那些旧的还没有用坏。

我们似乎觉得去年深色木板、深色竹子的殖民风格的家具必须要换成今年流行的北欧极简主义风格：干净的白色，带着简约的直线，一丝不乱的样子。要不然，我们简直无法住在这样的家里。这是很浪费的，但如果我们在买新的东西之前记得处理掉去年的东西，那还不是大问题。

我们每个人的行为导致了这一场疯狂的消耗，这最终会毁掉我们的星球，但这未必损害你与你后人之间的关系。

如果你住在一个大城市，在那里，人们隔三差五地更换他们的厨房卫浴设施，就像我换掉一件旧的针织衫一样，你会看到路边停着装满了浴缸、台盆、马桶的大型垃圾装卸车。要是房子的下一个主人想要让这幢公寓体现出他个人的风格，那么一切就又将改变，这可能在一两年里就会发生！

当你在八十至一百岁之间，你已经不会认识多少和你年龄相当的、想要或者有精力来做这么一场革新，通过这种方式来彰显个人风格的人了。临终整理有另外一个好处：你能够更透彻地思考如何重复利用东西、回收东西，让你的生活简单一些、生活的空间小一点（或者小很多）。生活空间小一点是一种解脱。

衣　服

　　当上了年纪，你的生活方式发生了变化，你对一些衣服的需求也会有所改变。我敢肯定，当你发现你不再用得到滑雪装备、芭蕾服或者潜水服时，你会很乐意把它们卖掉或者捐掉。

　　我曾经在一个阳光灿烂的美妙的冬天穿着比基尼去滑雪。游泳的时候滑雪靴必然没有什么用，而游泳衣却能够在阿尔卑斯山脉派上用场，想到这就觉得不可思议。那么，到你老了以后，你想要留下什么呢？当然是游泳衣。

不同年龄层的人都会买许多衣服，这并不是因为我们需要买，而是因为那会让我们在那一刻感到快乐。我们的感觉会更好，更迷人，而且我们喜欢这样想：这件新衣服和我们相称极了！

像跟我一样年纪的男人通常并不存在拥有太多衣服的问题，他们穿制服的时候更多。但是年轻的男性如今似乎对服装以及时尚更感兴趣，因此，他们最终会和我们女性一样，在今天遇到同样的清理衣橱的问题。

我发现如今似乎没有人会再去修补什么东西了。最贵的裤子通常就是那些有洞和打补丁的那些，或许这是新一代人学习缝纫、修理的时候了，这将对我们的星球有益。二手精品店在各个角落出现。那真是好极了！现在，它们甚至被称之为"经典"，但是当你的客人突然穿着你的旧衣服出现的时候，你该说什么呢？我的确常常那样想，而且，假设有一天我真的遇到这一情形，我还不知道自己将如何应对。

最近，我与一群年轻人参加了一个派对。一个女人穿着一条非常漂亮的裙子走进来。我赞美了她的裙子，她很骄傲，说那是二手的，就仿佛那曾经是迪奥品牌的。或许，这个社会在不断变化着吧。如此看来，我们这个星球是有希望的!

孩子衣服上的标签

很久以前，当我还是个孩子的时候，按照那时的风俗习惯，我们有一个女裁缝师。她的工作是为我们的衣服调整大小，有时候为我和我姐姐们缝制一些新的衣服。安德森夫人一大清早就赶来，在我们上学前，帮我们量好尺寸。每个季节，她都会在我们家做上几天。

我为我的孩子缝了很多衣服，至今我还记得我在冬天缝补过的所有的裤子后屁股部位，我不知道这是不是因为他们坐雪橇下山的时候找不到坐的纸板。

有时要捐出孩子的衣服是很难的。对我而言，这是因为它们是如此小巧可爱。要是给一个如今身高将近两米的年轻男子看一件袖珍的T恤，告诉他，这以前是他的，这是多么有趣的事啊！

往后，当这位身高两米的年轻人成为一名父亲，他看到自己的孩子穿着自己曾经穿过的同一件衣服会是多么美妙。过去孩子的衣服要比如今的质量好很多。我还记得那时候我的母亲是怎样为我的孩子做婴儿服的。她用那些和手帕一样材质的布料裁剪，把所有的线头都缝在外面，这样就不会硌到孩子们的皮肤。我把这些东西都装在阁楼上的箱子里，等着将来送给我的孙儿们。起初我的孙儿们并没有到来，我就把箱子搬下来提醒我那些懒惰的孩子们我想要什么。这奏效了。现在我有了八个孙儿孙女。阁楼上不再有婴儿衣服了。

然而，在一些人少的家里，要是家人并不需要这些，最好的方法当然是把它们捐给慈善机构。

书

在我们家，我们一直很喜欢读书、藏书。一个基督徒没有一本书作为礼物是一件令人失望的事。

书通常是很难出售的。我建议让你的家人或者朋友浏览一下那些你已经不需要的书，让他们带走他们想要的那些。有时候书的空白页上会有一些你认识的人写下的笔记。出于一些情感上的原因，这些书很难处理掉，我建议你在把它转送给别人之前，最后再读一遍这本书以及书上的笔记。我在买这些二手书时，通常会查找陌生人写在空白处的一些内容，这会留给书一些额外的特质，所以不要怕把带有笔记的书送人。

如果你有一些书都是关于某一个主题，譬如艺术、园艺、烹饪、科学，就如同我有的那些航海类的书一样，你或许可以找到对这些东西有兴趣的人来买下它们。

书除了让人阅读和享受其中的乐趣，大多数瑞典的家庭会在书架上放一套百科全书。如今，有了互联网，我认为我不再需要百科全书了，我的新公寓也没有足够的地方来放它。所以我搬家的时候，叫来附近的一所学校的工作人员,他们很乐于来打理这二十八本我个人认为巨大厚重的书。这让我如此快乐,于是,我又给了他们一个书架。

我仅仅保存了那些我还没有读完或者我打算再读的书。我书架上大多数的书都是关于艺术方面的,还有一些参考书,就像字典、词典、地图集。

搬走前,我整理时遇到的最大的问题就是我的那些《圣经》。我叫来当地的教堂,但他们一本也不想要,哪怕是那些皮质封面的古本。对于我应该怎么样处理它们,他们也根本给不出什么建议。后来,我留下了两本内页写有我和我丈夫家里多年前的先人生卒年月的《圣经》。其他的,我不得不扔掉。我不知道我为何对此如此难过，可能是那些《圣经》对那些在某种程度上与我有着关联的人来说曾经意义深重，即便我与他们从未谋面。在那个书籍对人有着实实在在的意义的年代——早在《哈利·波特》以及其他一些畅销书问世以前，它们是为人所珍视的。

在斯德哥尔摩，每年的八月十四日有一个规模盛大的图书特卖会。城市中心的整条街道都摆满了桌子，桌子上是人们想要卖的书。对于那些想要处理掉一些书以及那些想要挑选更多书的人来说，那是个再好不过的日子。如果你住的地方没有这样类似的特卖会，或许你可以帮着来让它起步。

厨 房

我有个女儿，在她的厨房里，她写了这样一段话："我亲吻的水平比我的烹饪水平高。"这对于她的客人而言，是一个恰到好处的提醒——他们即将度过的夜晚将有各种惊喜在前方等候，既有美妙的也有糟糕的。我喜欢烹饪，纵然我绝不是一个星级大厨，但我这辈子收集了许多厨房用具，这会儿，我必须好好想想该拿它们怎么办。

在亚洲的时候，我买的厨房用品都是既实用又精细漂亮的，与我以往见到的都不一样。譬如瓷的勺子，用它来喝热汤真是好极了，它可不会烫到我们的嘴唇。一些椰子壳做成的大的长柄勺，用来盛汤、炖煮的菜，还有色拉是最好的了。我还有一个小的竹编的滤茶器，如果作为日常使用，它实在是太脆也太漂亮了，它的工艺却是如此精巧。二十多年过去了，它们看起来仍然那样漂亮。这些小东西随便给谁都很不错。

我还有大的炒锅！它们由薄如纸片的金属制成，拿它来煎炒或者煮东西特别好，尤其是做亚洲食物的时候。我必须要像婴儿一般呵护这个炒锅，每次用完都必须彻底清洗晾干，有时候，碰上天气潮湿，你还得在锅上涂点油以防生锈。

有一次，我受邀参加新加坡的一个茶话会，每个人都得戴一顶帽子——这是必须的！我已经有二十年左右的时间没有戴过帽子了，而且在那地方也没有什么好的备用帽子，我简直不知该如何是好。

然后，我看到了我的炒锅就挂在煤气炉上方的钉子上。我把它放在头上，在它前面的边沿别上一朵兰花作为装饰，并用一根粗的日常家用的绳子把它系在下巴上。不管你信不信,我的这身打扮获得了第一名,并得到了一瓶漂亮的夏帕瑞丽的香水作为奖励。哇哦!

我的一个儿子和他的家人开心地从我手里接过这个锅子。他们喜欢烹饪,喜欢用这个锅子做成的食物,我想,总之这个锅子做成的食物有独特的风味。况且,他们有一个煤气炉,他们还可以按照他们的意愿使用这个锅子,在篝火上,在他们户外露营的时候。知道他们有合适的条件使用这个珍贵的锅子,我就放心大胆地把锅子给了他们。为你的东西找到新家,在新家里它们可以发挥出自身的价值是非常重要的,这就像你工作时要体现自己的价值一样。不要给别人那些不符合他们的兴趣或者与他们的家不太相称的东西。这对他们而言是个负担,而如果他们顾虑到那会让你伤心,就很难说出

"不，谢谢"这样的话。

如果你不准备卖掉或者捐掉一些东西，也不想把它们扔掉，那就好好地为它们选定一个完美的新归属，那会让你和接受者都感到满意。知道某一件东西将会被好好地使用下去，并且有一个新家，是一件快乐的事。

在整理用于上菜的器皿时，你有两种方案：如果你要搬到一个小一点的家里，你要么得想好哪里可以储存这些东西，要么你就仍然留着它们，你会有更多的盘子、玻璃杯、马克杯、叉子，等等，比你平常用得到的还要多。

如果你还打算招待客人，我建议你留下一套碗碟，它的数量与你的桌子所能坐下的客人的数量相当。刀叉、酒杯、茶杯也按照这样的方式来整理。如果你想要装饰一下餐桌，请用鲜花或者色彩明亮的纸巾，而不要用各式各样的盘子和形状颜色五花八门的布制餐巾。

我保存着一些从日本买来的特别的瓷器，我至今仍在使用它们，将来我会把它们送给我的孩子们。那些简单一些的盘子和多余的杯子都已经被我送到了慈善机构。

烹饪书和家庭食谱

我的厨房比现在的这个大的时候，我有一个用来放烹饪书的书架。如今，我要查一个食谱时，多数都通过互联网。我在谷歌搜索引擎上输入我打算要做的菜的名称，瞬间就会得到好几种烹饪方法，每一种都配有图片，这要比之前的食谱诱人得多。真是令人惊奇！

近来，我只留下了两本真正意义上的烹饪书。所谓"真正意义上"是指你在找食材做菜的时候，它可以供你拿着翻阅思考。有一本烹饪书是我这些年来自己一点一点编订的，里面的食谱都是我的朋友、亲戚提供，或者是我从报纸上剪下来的。这些食谱，多数慢慢被我放弃掉了，尤其是那些特别耗费时间的，以及烘焙食谱。我已经不再喜欢在厨房里一待就是好几个小时，也不再是一个做饼干的狂魔，事实上我并不真的喜欢这些——当然，孩子们自然是很喜欢的。

有些精品的菜谱仍留了下来，譬如我母亲的烤肉卷，我婆婆的最拿手的叉蛋糕（一种顶部印着一把叉子图案的曲奇酥饼），我的老邻居安德烈的玫瑰果酱，以及一些别的好吃的食谱,他们可能是有些人特别喜欢的,也可能是平时不太常见的,又或者是因为它们引起了那些我爱着的人的回忆,他们或许想在自己的厨房里变出这样一道美食。

有三道我保存下来的食谱是我多年前在我父亲的抽屉里找到的。那些食谱是我小时候家里的一个厨师断断续续抄写下来的。她是一个慈祥的人,我记得在她烤东西的时候,我可以坐在厨房里看着她做。她常常给我吃葡萄干,或许是为了让我安静一会儿,哪怕只是一小会儿呢。她的三道食谱是泡菜、烤鲱鱼、法式牛排。她做的其他几个菜的食谱都静静地储存在她的头脑里。

我保存的第二本食谱来自新加坡。我们在那儿住了六年,我和朋友们一起为一本烹饪书收集食谱,我们打算将它出版,作为慈善机构的义卖品。我留着的那本破破烂烂的书上,满是世界各地的女士以及一个男士捐赠的令人快乐的食谱:有来自南美的酸橘汁腌鱼,来自马来西亚的咖喱羊羔肉,来自瑞典韦姆兰省的蛋糕,还有关于如何调制新加坡斯林酒的指南(个人认为这种酒的味道就像某个人打扫了一遍配餐室找来的配方一样,但它很适合这本涵盖了广袤世界里各种口味的烹饪书)。

还有墨西哥的曲奇,捷克斯洛伐克黑面包等。许多食谱的提供者经常宴请宾客,显然,他们对于提供能够代表他们自己的国家和民族特色的美食感到十分自豪。这就是食谱具有的神奇的价值。翻阅这本书,让我能够有机会体验一次邀游全世界的美食之旅,回忆起人生中那个阶段所知道的许多令人着迷的人们的故事。

我又一次回到家来,回到位于瑞典海岸线上的布胡斯省,那里是我的故土,我总想着收集一些当地妇女所珍藏着的食谱——它们是用当地的配料做成的好东西,这些食谱可能是代代相传下来的。如今,我知道我没有时间做这件事了,不过或许会有读过这本书的人,懂得我的这份深意,着手开始做这件事。现在!把握时间至关重要,因为这些老妇人可能比我更年长。

我发现印刷烹饪书的淘汰已经是一件不可避免的事,无论它们在过去的几年中曾经带给我们多大的帮助。我最想保存并继续品味的是那些带有个人风格的食谱和故事。

在布胡斯省,我与一个叫安德莉亚的妇女做了几年的邻居。她很能干，亡夫是一名渔夫。她是一个亲密的好友。我曾把她画作一棵绽放着花朵的茱萸树。它让人想起木兰树，但比木兰树要大许多，盛开着密密层层的花。美丽而富有生机。就如同安德莉亚一般。她有一些神奇的方子，有些我想分享给你们：腌玫瑰果，红甜菜酿成的雪莉酒，布胡斯风味的经典芝士蛋糕。（见附录）

一天下午，安德莉亚邀请我去品尝她的红甜菜雪莉酒。它呈现出美好的琥珀色，入口顺滑、温暖，回味无穷。那天，她跟我讲了一个在渔民寡妇中流传的习俗。她说，在她丈夫去世后的每个清晨，她都会把剩菜剩饭放在他以前渔船停泊的地方，没多久，就会有一只海鸥飞来，停在她放食物地方吃东西。她说，那只鸟就是他逝去的丈夫的灵魂。每次，我看到海鸥，就会想起这件事来。

我自己的丈夫埋葬于一个美好的初夏。小女孩们，他的孙女，穿着色彩明亮的礼服，显得那般庄重。男孩们爬到了一堵水泥墙上，在上面保持着平衡。有人读了一首我丈夫身前十分喜欢的瑞典作家、诗人弗朗兹·G.本特松的诗。那首名为《羚羊》的诗的结尾是这样的：

海鸥知道休憩的道路，

在地球上，人的心，还不懂得。

走在通往我丈夫墓地的碎石铺成的小路上，一只年幼的海鸥慢慢踱步而过。我忍不住微笑了。

东西，东西，越来越多的东西

美好的事物，譬如非洲的木鸟；神奇的东西，譬如一只会唱歌的磁力猪；有趣的东西，就像太阳能的招手熊，这些东西都是我喜欢的。我的弱点就是心思过于放在这些东西上。要知道，我们可以欣赏这所有东西的美，而不一定要拥有它们。我花了很长一段时间去理解这一点。尽管有时这样做很难，但你仍然需要这样锻炼自己，学着用目光欣赏，而不是用金钱买下，这是非常美好而有意义的实践。事实上，你的确无法带走所有的东西，试着不要把样样东西都收入囊中或许更妥当。

我在前文中提及的所有东西都很小巧，也容易处理。如果你受邀赴宴，不要再去买花或者买新的礼物——在你自己的东西中选一样送给她。

翻看室内装修杂志的时候，我常常觉得筋疲力尽。似乎家里所有的家具都由同一家店提供。黯淡、苍白的完美，毫无迷人之处。过多的装饰品以一种奇怪而做作的形式摆在一起，我想，有谁会愿意去擦拭打扫它们呢。

不过也有很多室内布置值得学习，美好、实用、简单。真正令人精神振奋的家是很容易打理的。我仍然试着从中学习。这会让我审视自己的生活空间，有可能我会借此摆脱更多的东西。

如果那曾经是你的秘密，让它继续成为你的秘密

我想起父亲搬家的时候，有几样东西让他很担心。他以前是个医生，他把他所有病人的病历都保存在了办公室。当然，他要以一种安全的方式来处理这些病历。里面的每一个字若非他亲手所写，就是出自他那台小型的雷明顿打字机。那时候，电脑还没被发明呢。因此，处理他的这些文件不费吹灰之力。我们把所有这些文件放在乡下房子的一个旧油桶里，一把火烧光了。

另一个问题是在他桌子抽屉背面的一个包裹。那是一大包砒霜。从我们害怕德国人会侵略我们国家的那时候起，它在那儿放了近三十年。为什么我父亲把它在那儿放了如此漫长的时光，答案已经无从知晓了。或许他只是忘了这件事，或许他认为虽然是一些毒药，但还不至于引发伤害。当我把这包砒霜亲手交给药剂师的时候，他看起来有点困惑，不过他还是接手了。

在整理我父母的房子那会儿，有件事情始终困扰着我。我母亲有一大箱亚麻，崭新的毛巾和手帕垫在箱子的最底下，所有的东西都很平整。就在折起来的枕套带

下面，我发现了她的陋习：那儿放着好几盒香烟。

陋习是什么？我想就是那些无益于我们的习惯。如今我们依赖于手机、游戏还有许多其他的事物——它们与香烟不同，它们不会在我们身故以后揭露自己。

有些人，他们的橱里装满了之前饮尽的杜松子酒和威士忌的空酒瓶。还有许多当事人身故以后容易引发人们闲言碎语的其他东西。

也许，祖父在他的抽屉里藏着女士的内衣。也许，祖母的抽屉里藏着一个自慰的阴茎。然而，这又怎么样呢？他们再也不会与我们生活在一起，如果我们爱他们，这些东西对于我们而言，并不值得一提。我们每个人都可以有自己的小爱好，只要那东西不会伤害其他人即可。

不过，假设我们现在能够对自己的东西稍微整理一下，在我们离开当下的生活之前让这一类的东西尽量少一些，这对于那些今后将为我们做身后整理的亲人而言，会是一份美好的馈赠。

留下你最喜欢的那个人造阴茎——把另外的十五个扔掉！

留着这些东西毫无意义，它们在你身故以后只会让你的家人感到震惊或者不安。

或许，你保留着一些书信、文件或者日记，其中会涉及一些信息或者有关家族的故事，而你也绝不希望它们使你的后人备受窘迫。我们生活在人人都认为自己有权知晓每一个秘密的社会文化之中，我对此是持有异议的。如果你觉得那个秘密会给你的亲人、爱人们带来伤害或者引发不快，千万要把它们销毁。点把火，或是用碎纸机把它们都粉碎吧。

男人专属洞穴的危险

还有一个整理起来可能十分费时的地方是我丈夫的工具棚。如果你有一幢房子，家里有个既能做木工、油漆工、水管工，还能承担一些简单的修修补补这类工作的人的话，就会十分方便。

尤其是你住在一个远离了这些专业工人营生的中心城市，情况就更是如此。你居于偏僻之处，总是让技术人员上门服务的花费会很昂贵，就像我们许多年来所经历的那样。

自行车、船、园艺都需要各种各样的工具来让它们保持正常的功能。在购物清单上添置新的工具的理由是永无止境的。男人——或者说至少我这一代以及我上几代的男人，走进五金店时绝对不会放过如何机会的！

不过，说实话，你家里并不需要过多的工具。我的一个孩子，他租住在城市的一间小公寓里，有一橱稀奇古怪的螺帽、螺丝、螺钉、弯钉以及固定装置，他认为总有一天他可能会用到。可多年来，他都没有打开过那个橱。

等所有的孩子离开了家（他们也需要专有的工具：我们的孩子喜欢建造小屋、小木筏、小箱车——在瑞典语中，我们称之为"lådbil"），我丈夫接着每天收拾检查他如此之多的工具。

他的"玩具屋"渐渐变成了我如今所认为的男人的窑洞。在瑞典，我们现在也称之为"男幼儿"，对此我报以微笑，这词真是太合适不过了。

你有没有发现，许多人在整理他们这些东西时，要比实际使用时有更多乐趣。我是这样的，而且我极力尊崇这种有秩序的精神。

在我整理我丈夫的玩具屋时，我发现所有的东西都有序地呈现出美好的状态：凿子、水平仪、电锤、老虎钳、钢锯架，以及无数的螺丝和钉子！打气筒、橡皮阀、自行车润滑油。听起来简直有色情之嫌！割草机也需要专用的油，磨刀石和小船需要各种各样的砂纸、油漆以及其他零部件。我丈夫把所有的这些东西都小心翼翼地珍藏着。

有一些盒子里装着些随意放置的东西，不过大多数工具都整整齐齐地按照墙上仔细画出来的轮廓挂着，这提醒着它们原本的位置，以防有人借走了东西而忘了归还到原位。整理界的大师就是我丈夫。

如果我曾经怀有做一名工匠的梦想，我丈夫的工具坊可能会成为一种激励。我或许可以从石雕、铁艺、混凝土开始，做出木雕，为一些不同寻常的发明连接引擎。我所需要的一切东西都在那儿，我可以正大光明地使用它们，所有的说明书都完美地放在活页夹中。

但我志不在此，我不会把时间花在这上面。

我挑了一把锤子、一些镊子、一套螺丝刀、一把我可以自己用来做一些小的修理调整的码尺。有了合适的工具，挂幅画，订个架子，安装一些挂毛巾、衣服的挂钩就不太难了，哪怕你已垂垂老矣。我的孩子们拿走了一些其他的工具，他们的朋友也很高兴地帮着清理剩下的那些，因为在瑞典，工具相对来说是很贵的。

我发现邀请年轻男性来为他们自己挑选东西格外有效。他们开始建立自己的洞穴的同时，我丈夫"玩具屋"瞬间就空了。

最终，整理他这个玩具屋变得相当容易，不仅在操作上，在情感上也是。对我来说，这些东西，除了它们曾经属于我丈夫的事实，已经与我不再有任何的关联。我还有着他的许多别的东西，我对它们的感情也更为深厚。我从未因为要减少一件东西而犹豫不决,乃至停下整理的工作。假若男人想要亲自整理自己的玩具屋……嗯,那可能会需要数年时间,我也无法给你什么建议。

不想要的东西

如果你父母要给你一些你不想要的东西，或者有人为了减少自己家里的物品的数量而给你东西，你应当坦诚地说：不，谢谢，我家里没有地方放它。把别人不想放在家里的东西搬到你自己的家并不是一个解决问题的良策。

或者，你可以像我那时收到自己并不真的想要的东西时一样做。暂时，我会把这件东西放在稍微显眼的地方，当之前的主人到我家来时，他们会看见它，并因为他们为它在我的房子里找到了新家而高兴。在我厌倦它之前，我会想办法处理掉它——捐给慈善机构或者送给另一个比我更喜欢它的人。但你永久不会知道，我保留了一些起初自己并不喜欢的东西，而后来，它们却成为了我的宝贝；有时候，我们的品位会变得成熟。

如果我送人礼物，我会理解它不会永远陪伴对方的事实。我们真的有人会在意自己送出的每一件东西的去向吗？我是不会的。任何东西都可能破碎，即便是一台爆米花机器，也不会永久工作。我也决不会因为没有把礼物永久保存而心怀愧疚。最初收到礼物时，你的感激与快乐在某种意义上讲，是有些特殊的，那种感激之情与礼物本身无关，而与给你的人有关。

我不能理解那些留着瑞典人称之为"fulskap"（专门用来放破烂的橱柜）的人。

这个橱里装满了自己都不忍直视，也无法再给别人的礼物。通常，其中还有些远亲的叔叔阿姨赠送的礼物，当他们来拜访时，你会把这些礼物展示出来。

这是个糟糕的主意。要是叔叔阿姨们看到自己送来的礼物在橱窗里，他们只会给你更多。事实上，有谁能知道，是谁，在何时，把什么东西给了谁呢。如果你不喜欢某件东西，就处理掉吧。

收藏品、收藏者和囤积者

我们是否并不经常收藏东西？用来生火的木棍，用来吃的浆果和植物根？仅仅为了乐趣的收藏是完全不同的。我记得我曾经在自己的出生地，瑞典西海岸的沙滩上拾贝壳。至今我还留有部分，它们与其他一些来自异国他乡的石头一起放在碗里。它们看起来如此美丽，拿在手上也十分适意。在我的童年，我们收集过徽章、玻璃瓶盖、火柴盒以及足球运动员、电影明星的照片。我还记得十九世纪四十年代，第一次世界大战结束后，橘子重新进口，我们收集了用来包橘子的漂亮纸巾。那时，我们已经有许多、许多年没有见过香蕉或橘子了。

我们也在课间休息时间和同班同学以及别的孩子互相交换着收集来的书签。我曾经有一张很大、很漂亮的书签，如果哪个男生吻了我，我会把它送给这个男生。我想我这么做是为了给我最好的朋友留下一个深刻的印象，她比我大四岁，经常吹嘘有多少男孩子吻过她。不过我内心认定的要吻我的人从未吻过我，因此，这张可爱的书签始终在我身边。我觉得比之于男孩的吻，书签的陪伴于我也有同样的快乐。

后来，在收藏方面，我变得更加认真慎重。集邮对于那些愿意付出努力的人而言，成了一项颇有钱可赚、也很吸引人的兴趣的事情。

多年以前，我有一个很有意思的邻居。他的别墅地下室里存放了各种各样的东西：漏了气的轮胎、雪橇、孩子的游戏围栏，等等。过了几年，他的东西就装了满满一屋。房子的女主人在另一边发现了一个可以通往此处的后门，她时不时会抓出一些东西扔到垃圾场。当她的丈夫想再往里塞更多的东西时，他总能做到。

今年夏天，我遇到一个在当地垃圾市场卖东西的女士。她和她丈夫准备搬家，在整理厨房抽屉的时候，她在众多的东西中发现他们竟然有十二把芝士刀。她不是一个收藏家，只不过是有点儿粗心。后来，我读到一个家伙收藏分蛋杯的故事。他是个收藏家，收集了一千个来自世界各地不同工厂的分蛋杯。仅仅是分蛋杯啊！真是太惊人了！

我有个亲爱的保姆，她收藏咖啡杯与杯托。她嫁给了一个路德教会的牧师，她喜欢在他们教区每周的主日弥撒结束后把各种咖啡杯送人。有时候，大量的收藏会很有用，有时候它们也可能成为你以及你的家庭今后的负担。

如果你想处理掉自己的一批收藏品，而你的家人似乎也不太想要，我认为最好的办法就是联系拍卖行，听听他们怎么说。如果他们对你的收藏毫无兴趣，你可以在网上寻找买家。

一个真正的收藏家享受着收藏某一类特别的东西的乐趣，并且他们有很好的管理藏品的系统，这套系统会帮助他在众多的藏品之中找到他想要的那件。收藏同样也会使其他人快乐。想一想博物馆，它们不正是那些勤劳的收藏家努力的成果吗？

而那些只会毫无目的与意义地囤积东西的人，很可能是受一种近年来刚刚被发现的疾病的影响。这些人会在自己的家里塞下如此之多的东西，以至于人都无法踏足。在一些家庭、一些亲密的人员中，囤积东西可能会演变成大问题。不幸的是，对此我也无能为力，拿不出什么好办法。这种藏物癖需要接受治疗。然而，假若医生也帮不了忙，我唯一想到的就是在最后的时刻到来之时，赶紧订一个大集装箱。

在花园里

多数人会有一个兴趣爱好，我们每天都乐于去做的事就是。如果足够幸运的话，我们可以把兴趣作为自己的职业，退一步讲，我们也至少可以在业余时间经常做这些事。

我爱我老房子的花园。对我来说，走到绿意融融的植物丛中，看着它们，沉浸在它们的世界之中是无比惬意的。我会花上好几个小时在花园里修剪、分枝、除草、再植，会因为一株植物刚刚绽放了一朵美丽的花朵而快乐。花园里满是探险，也满是期待。

后来，到了夏天，我收获了满满一大碗的覆盆子，我给我孙儿孙女每人一个被太阳晒热的西红柿、一根黄瓜。这些欢愉的时光将在你搬到楼上的公寓之后不幸消失，就像我所经历的一样。

我曾经有许多打理花园的工具。我把所有的耙子、铲子都放在我的园艺工具棚中。当我要搬到那个没有花园的新地方时，我让这些工具留在棚中，让它们与房子的新主人在一起。他们为拥有这些美好的装备而高兴，而我也很乐意把这一切交给迫切地想把我的花园打理得美丽而生机盎然的人。

如果你幸运地有一个阳台，或是有窗台上的花盆箱，抑或是晒得到太阳的窗台，你还可以种一些多年生的植物。我种了一些常春藤、忍冬，它们在这寒冷的北欧气候中，年复一年地生长在花盆中，没有任何防寒措施。去年十一月，我们只有几个小时太阳直射的宝贵时光。每年春天，当夜里不再有起雾的危险，我又往我阳台上的迷你花园里加种了一些矮牵牛、紫罗兰以及罗勒、百里香、香葱、荷兰芹之类的植物。

我的公寓楼里有一个园艺小组，小组成员们会照料我们园子里的蔬菜。每一个热爱园艺的人都能在那儿得

到应得的回报。

除了一些绿色草本植物、一些开花的灌木，那儿还有樱桃树，春日时节，它们绽放出美丽的花朵，之后结出香甜的果实。在大楼的园子里，那些多年生的植物总是接连开着花儿。有大黄，还有些草本植物和可作香料的植物，譬如鼠尾草、百里香、迷迭香、葱、柠檬薄荷。任何一个园艺小组或者大楼的成员都可以在这里采一些用来做菜或者仅仅是闻一闻。

这种合作式的花园最好的地方在于每年都会有新成员加入，所以，如果有一天你觉得自己没力气操持园艺了，其他成员仍然会接着打理这些蔬菜，你不会为此而难过。这样是不是更好呢？

每当我想到我们种的每一样东西，想到我们切碎、撕开、敲碎甚至埋掉的每一样东西，那些垃圾并不像有些植物或者杂草那样在第二年大量蔓延生长，这就是件好事。

宠　物

你从一个地方搬往另一个地方，乃至从一个国家搬往另一个国家，为将来另做打算的时候，会如何处置你的宠物？

老鼠、豚鼠、仓鼠、猫、狗、鸟和鱼，这些是我们家近年来养过的宠物。这听起来像个动物园，不过我们并没有同时养这些动物。

豚鼠和仓鼠是我的一个儿子养的。在他八岁的时候，他让仓鼠爬出笼子，在我们快吃完晚餐时，把它放在了餐桌上。孩子的奶奶正巧来我们家，为了让我们家看起来更靓丽，我采了一大束秋麒麟花插在桌子中央的花瓶里。

仓鼠小心翼翼地靠近花，闻了闻花香，并吃下几个花蕾。就在刹那之间，小仓鼠突然剧烈抽搐，翻过背来，直挺挺地躺着。仓鼠死了。

这当然令人十分难过。我儿子呜咽着看着他的奶奶，说：

"奶奶，你死的时候，我也会像现在看仓鼠死去时一样难过。"

他的奶奶，一个充满智慧的老妇人，明白孩子是在一种受到强烈刺激的情况下向她表达爱意。她把他抱在膝头，整晚都抱着他，宽慰他。

七十年代中期，我们从美国搬回瑞典的时候，我们不得不把我们的两条狗留给了两个不同的家庭。那时候，动物们要从美国来到瑞典，需要四个月的检疫隔离期。

接收动物检疫隔离的地方寒冷且孤独，我们不希望我们的小伙伴经历这些。

对于这条小狗要突然离开它所习惯了的地方，去面对一个全新的环境会有什么样的反应，我们思考了很久——我们希望能够找到一个和我们家一样安全的地方。我联系了一个饲养罗福梗的养狗场。那儿离我们的房子不是很远，由一个和蔼的中年妇女经营，她很欢迎我们的顺便拜访。

养狗场维护得很好，很干净，到处都是不同年龄的快乐的小狗崽。她理解我们不得已要把爱犬达菲放到一个新家庭的顾虑。她带着我们逛了一圈，让我们看了许多小狗，然后我们坐下聊。在我们交谈的时候，一条小狗在离我儿子很近的地方坐下来。那位女士笑着对我儿子说:"你看,这条狗不认识你,可它仍然很愿意跟你回家。"我们松了一口气,消除了疑虑,为这一趟旅程感到高兴。

后来,我丈夫公司的一个秘书负责照顾这条小罗福梗,最终,它找到了美好的新家,有了爱它的新主人。我还收到了一封达菲的新主人寄来的信,告诉我一切都很好。

养狗场与那些打算买小狗或者大点儿的狗的人有许多接触。我们的矮脚猎犬也通过养狗场找到了新家。它是一条多么漂亮、滑稽又疯狂的小狗啊!它喜欢躺在邻居家整洁的花圃中,只要一有机会就喜欢偷吃三明治和其他食物。它在新家过得很好,但至于他们家花园会遭遇何种命运,我就一点儿也不知道了。

一旦你习惯你的身边有宠物环绕,当它们哪一天不在身边时,生活可能会变得十分空虚。在新加坡时,有一天,我和我儿子一起去动物保护协会。在那儿各种各样被遗弃的动物都由一个全职的员工负责照顾。

当我们下午回来的时候,身边跟着一个新的家庭成员,泰格西斯,一条大型的、沙棕色的、上了年纪而且相当疲倦的大丹狗。泰格西斯很快就在我们阳台一条厚毯子上安了家。它长期处在睡眠之中，多数时间都睡得很沉，即便它的外表看上去十分恐怖，却有着慈善的心肠。有一次，我们离开小镇不在家，它甚至任由一些盗贼直接从身上跨了过去，连一点制止的动作都没有。

泰格西斯上了年纪，胡子也变成了灰白。它患有严重的风湿病，每天都只能就着糙米吃素食、一些蛋、煮过的蔬菜之类的食物。这些菜混在一起很美味，我经常发现我那些十几岁的孩子放学回家后把狗粮当作零食吃。

尽管会有人来跟它抢食，泰格西斯每天下午还有一大碗素食在阳台上。每次它吃饭的时候，总有两只黑色的大寒鸦栖息在不远处的栏杆上看着它。它们静静地坐在那儿，眨眨眼睛，点点脑袋。泰格西斯总会在碗里留下几口食物。当它躺回自己的毯子上去消化吃下的食物时，那两只寒鸦就会迅速猛扑过来，轻轻地落地，吃完那些剩下的食物。每天如此！它真的很有魅力。

养一条狗纵然美好，但这也意味着相当大的责任。如果你病了，或者你不得不搬家，在一段时期内或是永远都无法继续照顾这位亲爱的伙伴时，你必须保证你的好伙伴能够得到最好的关心与照料。多数的狗都会社交，所以很容易适应新的主人，适应离开你的生活，但我们的狗泰格西斯不同，它太老了，而且常常生病。

当我们必须要永远地回到瑞典时，我不知如何是好。我无法想象把泰格西斯交给未知的命运。它太和善了，无法从头开始，它也太老了，我找不到可以接收它的家庭。我想，就算我把它带到瑞典，它也不太能熬过寒带四个月的生活。

最后，我咨询了兽医，并做出了我认为我能够做出的唯一的决定。做出这个决定艰难而痛苦：当他们给它扎下针，泰格西斯静静地沉睡了，它沉沉地躺在我的臂弯里。这太过悲恸，却是我们能够做出的唯一的选择。

当我们别无选择的时候，把一些事物、人或者宠物送走，对我而言是一门学起来非常艰难的课程，这门课程，随着生活的不断前行，正越来越频繁地让我受教。

如果我在这么老的年纪要养一只宠物，我希望它也是一只和我一样上了年纪的老宠物。我现在懒得养一条小狗，也没有体力满足小狗长距离遛达的需要。我常常这样想，要是我要养一条狗，我就去养狗场，问问他们有没有适合我照顾的退休了的老狗。如果你最心爱的伙伴死了，而你还想有一个动物伙伴的话，你也可以和我一样做。

万一你的宠物活得比你更长，对你周围的人而言会产生问题。在你领养一条又老又懒的狗之前，和你的家人、邻居谈一谈，他们愿意在你无法照顾这条狗的时候继续照顾它吗？如果没人愿意，那你应当再慎重考虑一下是否要带个动物回来。

克伦普敦的故事

你可能想问,这是一本与动物有关的书吗?不。如果它是,我将会告诉你我们那些鱼、那些鸟儿,还有那些可爱的猫咪的故事:米恩、小不点、小光头、施瑞德。然而,我想讲给你们的是这一只猫的故事,它叫克伦普敦(瑞典语用这个词来形容笨手笨脚的人)。

一天,一只淡红色的猫出现在我们家。我丈夫从不讨厌猫,但他也从未想过要养猫。然而,那只红猫一下子就和我们熟络起来,它无时无刻地想要亲近他。我们给它取名克伦普敦,因为它与大多数猫不同,它经常会把东西撞碎，跳起来也抓不到东西，或者会从他坐的椅子上突然摔下去。

每晚，电视上播放体育新闻的时候，我丈夫就会舒舒服服地坐在他那个宽敞的靠背椅上，克伦普敦会轻轻地走过去，跳上靠背椅的扶手，惬意地待在上面。

后来我丈夫不得不住到私人养老院，那只猫为之悲伤，它思念他。每晚，它仍然会跳到椅子的扶手上躺着（要是它能跳上去的话），即便我已经几乎不看体育新闻了。

一天，养老院来电告诉我，我的丈夫突然离世了。就在那天早上，我还刚刚去看过他，尽管那时候他已经病得非常严重，他的离世对我来说是一个巨大的打击。这怎么可能！养老院的人问我是否能够来一趟，拿回他的衣服和其他一些东西，因为他们急需要这个房间。

到了养老院之后，当然有许多别的东西需要我整理，我把他房间里所有的一切都带回了我们家。我把他所有的衣服堆在大门口，我太累了，无法马上去打理这些衣物。有些朋友之前邀请我到他们家去做客，而我的确需要陪伴，所以我去了。

等我回家，发现克伦普敦伤心地、四仰八叉地躺在我丈夫的衣服里。我哭了。

在我丈夫离我而去的许多年里，我曾无数次痛哭流涕。那个傍晚，我所有的悲伤都集中在了那只猫身上。我突然觉得非常愧疚，我让这个可怜的小生灵独自沉浸在悲伤里。几个月后，克伦普敦也死了。

我确信会有来生，但有时我也会忍不住想象在那个遥远的世界，克伦普敦找到了舒适的扶手，找到了它的老朋友。

最后：照片

我终于开始整理照片了，它们真的很难处理，不管从哪一层面来说。

首先看这些照片很容易让人多愁善感。无数过往扑面而来，有些回忆让你想永存。或许你可以把照片给你的家人，但要记得，你的回忆与你家人的回忆并不总是相同的。

面对同一张照片，一个人认为值得保存，另外一个人很可能会觉得毫无乐趣可言。如果你有几个孩子，千万别以为他们总会按照同样的方式去思考和行动。不，不，绝对不会。

尽管我们可以把大量照片保存在电脑里，但我相信多数人仍然更喜欢看相册。等孩子们长大的时候，所有的孩子都会有一本自己的相册。我们拍了这么多的照片，一旦新的照片冲印好并打包寄来的时候，我们总是很激动。每一个孩子都可以选择自己想要的照片，他们在照片的背面写下自己的名字或者做好标记，这样我们就能知道是谁想要另外加印这张照片。几天后，照片送到了，我们把它们放进每个孩子的相册里。这样，他们每个人就有了自己的相册。

如果你想买一本漂亮的相册，有许多种类可供挑选。我更偏爱活页相册，随着照片数量的增加，随着岁月的流逝，你可以自行增加相册的页数。

当然，与一个意气相投的人坐在一起翻阅相册是件非常美好的事。你可以指着照片，谈起拍这张照片时的场景，或许还会说起举着相机为你们拍下这张照片的人。这就像照片里你的眼睛无法看到的背面。

有一次我的儿媳妇跟我说了在她工作的托儿所里一个小女孩的故事。她想画她最好的朋友，当画好的时候，小女孩把纸翻过来，在反面画上了她朋友的背面。

这是个多么神奇的想法啊。

当你在整理照片的时候，你的脑海里记得的是什么呢？

在我把照片收入相册之前，我常常会先处理掉多人的合照，因为照片拍得不好，或因为你或者别人看上去完全像疯了一样。

以前我总是能够叫出照片中所有人的名字，现在我是我们家最年长的人，如果我都不知道照片里的人的名字，那么家里面就没有别的人能够做到了。把它们扔到碎纸机里。

不过有时候我也会犹豫。真正的老照片，即便你不知道照片中人们的名字，看看照片中人们的衣着、街上的车辆和呈现的生活，也会有相当的历史和文化价值。仅仅是三四十年前的照片，这也会相当有趣。所以，我或许应当稍微谨慎一点，给我的孩子们看一些样张，让他们更好地理解什么样的照片是有趣的，或者这是否是一张他们希望我能够为他们保存下来的照片。

我的父亲热爱摄影，他是一个非常好的摄影师。在那些年里，我拍下了许多照片，我的三个孩子在摄影方面也很有天赋。结果，我们家的照片实在太多了，这真的是我的问题，因此必须由我来负责这方面的整理。我和我那个饥饿的碎纸机。

还有一个问题，就是我的大量的幻灯片，它们都保存在卡带中，一个卡带可以容纳八十张幻灯片，而我有许许多多的卡带。我过去常常在墙上看幻灯片，五十年前，我们只有几个电视频道，在儿童节目也非常少的情况下，这是一项非常好的娱乐活动。那时候，电视上史努比每周才放一次。

几年前的一个秋天，我决定要对这些幻灯片有所行动。我买了一架小型影片扫描机，把大部分的空余时间都用来看这些照片，它们涵盖了我大儿子出生一直到之后二十五年的时光。在扫描仪的帮助下,我把所有我想要分享的照片转存到了电脑里,随后又分别为每个孩子把照片存在了优盘中。这真的是很令人惊叹的一件事情,一个小小的优盘,还不到六厘米长的大小,竟然能够有如此大的容量。

那年我很高兴准备了这样一份圣诞礼物,我把它们装在信封中,然后通过邮局把它们寄了出去。

当你在这个世界度过了漫长的人生,你很容易迷失在很久以前的各种记忆里。那会占用你大量的时间。等你整理别的物品有了成功的进展之后,你在一个宁静平和的状态下好好看这些老照片会美好得多。况且,照片并不会占用太多的空间,因此,对于你的孩子来说,处理照片这件事不会是一桩令人怨恨的任务,他们可能还会从中找到乐趣。

我记得有一次,我这些长大成人的孩子们,一起来我这里庆祝生日,他们中有些已经成了家。我把许多照片整理了出来,并把它们分别装在了写有他们各自名字的信封里。我们所有的人都围坐在餐桌旁边。

起初,一切都很安静。他们打开各自的信封,开始看他们的照片。不过,没一会儿,我就听到他们聊了起来：哇，看你呀！你看过这个吗！你还记得这件事！就这样一直继续下去，乐趣无穷。

每个人都看多了这样的情形，所有经过挑选的照片会再一次变作混乱的一大堆。我却再一次把它们整理出来，放到了各自的信封中，并在孩子们下一次来的时候给到每个孩子手中。有些东西是美好而值得保存的。

在临终整理这件艰难的工作中，通过与家人朋友做游戏的方式来整理你漫长的一生中积累下的照片，或许这将使你不那么孤独、不那么不知所措，也有更多的乐趣。你也不必独自一人来承受所有沉甸甸的回忆，你也不至于陷入过往不能自拔。

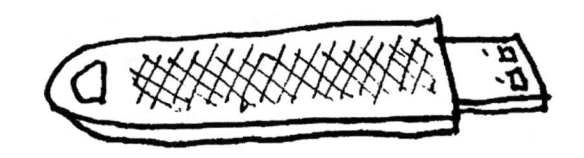

你不能摆脱的东西

有些东西，即便它们看起来毫无用处和价值，也是很难，甚至不可能扔掉的。

举个例子，在我即将搬往我那两居室的公寓时，我发现我忘了那些坐在那儿、用满是伤心的玻璃眼睛看着我的家庭成员——那是一些我们最爱的动物玩具。

长期以来，没人曾想起过它们，即使它们曾经为我们许多人带来过更多的快乐和安慰。而我也没有年幼的孙儿孙女，我不能再把这些玩具给他们了。

一个已成年的孙儿拿走了一些动物玩具给他们自己的孩子——其中，泰迪法（这是个非常奇怪的名字，就像毛茸茸的路西法一样），那是一只白色的北极熊，是我住在新加坡时从丈夫那里收到的圣诞节的礼物。他不在家时，我常常抱着这只熊一起跳舞。还有斐迪南，是只背上有个把手的蓝色大河马，尾巴末端有流苏，头上还戴着一顶条纹的贝雷帽。我高兴的是它们像我一样即将前往新家，而我难过的是要和它们再见。

今天，我的客厅里坐着一只亲爱的邦博尔，那是我丈夫从澳大利亚买来的大考拉。我想在飞机上它一定得自己占一个座位。它坐在那儿看起来一副心满意足的样子。在我的卧室，有一只熊，它看起来就跟维尼熊差不多。它有点旧了，穿着毛线衣和袜子，这样可以把填充物包在里面。事实上它已经八十岁了，它听过无数孩子们的秘密，多年来一直是我们的安慰与伙伴。我应该把它扔到垃圾桶里吗？不可能。它将永远和一些小娃娃们一起坐在它的架子上。

要"扔掉的"箱子

有些东西,我想为自己留着。它们会让我想起那些自己可能会遗忘的事。往日的情书、做过的计划、旅行的记忆,我把所有这一切全都装在一个做了"丢弃"标记的盒子里。

在翻阅你的这些文件时,你或许会找到一些信件。信中,写信的人用各种美妙的称呼来叫你,就像"我最亲爱的朋友"、"我的开心果"或者是其他一些可爱的称呼,这会让你忍不住想再读一遍,宁愿用这些信纸贴在墙上也不愿把它们扔掉。

当我发现这些在别人眼里毫无价值、对我来说却意义非凡的东西,我就拿出自己的"丢弃"盒。我一旦离开人世,家人就可以把这个盒子处理了。

我知道,我的孩子们会做的第一桩事就是检查一下盒子里的东西。不过,他们也可以选择不那么做。我已经决定让其他心地善良的人去扔掉这个盒子。尽管我能够想象,如果我的家人在扔掉它之前看一看,那其中的一些信件、照片以及一些小玩意儿会让他们感到快乐。

最终的那次临终整理真的很艰难。我总是为各种回忆所牵绊。在某种程度上说，这也是一件非常美好的事。在我做出要保留一些小东西——一朵干花、一块形状好玩的石头、漂亮的贝壳，并将之放入我的"丢弃"盒时，我感到有些欣慰。这个盒子就是为那些小东西准备的，它们能够唤起我对往日岁月中那些特别的日子、特别的故事的回忆，对我而言就是不同寻常的。

重要的是，你可不能挑一个大盒子，一个鞋盒就差不多了。

通　信

在我们家，我们写过数不胜数的信。这多数是由于我丈夫供职于一家跨国公司，需要时常在各地出差所致。我婆婆过去总是抱怨：我的儿子呀，就像颗卫星，永远在不停地变动，总是离我们这么远！

由于我们曾经好几次从瑞典搬家到了遥远的异乡，我们一直通过写信这种方式与我们的亲戚朋友保持联系。那时候，打电话非常昂贵，只能用于传递紧急的信息。等到孩子们渐渐长大，他们去朋友家做客，去游学，后来到很远的学校上学，在这个过程中，他们经常给我和我丈夫寄明信片、写信，告诉我们他们在做些什么，是否需要钱。我把这许多的通信都保存了下来。

在视频聊天工具 Skype 和 Facetime 还没有问世的年代,保持联络是件颇费时又费力的事,特别是在那些通讯设备系统非常落后的亚非边远国家。我们只能自我安慰,至少,信件并不是通过船只或者通过送信人骑马传递,至少,它们能够通过空运更快地抵达收信人手中。

我真的不知道我的孙辈们是否还会写信。我的意思是用笔在纸上写信。似乎已经没人再那样做了。我知道他们善于绘画,但是想一想我这些年来收到的感谢信的数量,我不相信他们真的明白怎么写信,也不知道他们是否收到了我送给他们的礼物。就此而论,脸书(Facebook)是个好东西:通过它,我能够看到礼物已经到达,甚至颇受他们喜欢。

在我们孩子小的时候,他们不得不坐下来写一些感谢的话。想一想,一个人在买礼物、寄礼物背后的付出,以及我们收到礼物时的快乐,我认为每个人都会觉得那值得我们这么做。

当孩子太年幼,不能用自己的语言来读写,而他又不得不搬到另一个国家学习一门新的语言时,写信对他们来说是一桩非常困难的任务。那时,我们最年幼的孩子想要学她的大哥哥大姐姐们,给家中的朋友写信。她非常努力,可我还是听到了她无奈的叹息。突然,她说:"妈妈,请你写信告诉他们,我已经死了。"那时候她年仅六岁,但或许已经知道了死亡是得以解脱的一种方式。

很久以后,我去马耳他,我的一个孙儿正通过电脑与他的斯堪的纳维亚的朋友聊天。整整几小时!还是免费的!他们还一起玩游戏,一起欢笑。他能够想象四十多年以前,他的父母是多么渴望这种形式的交流吗?

对于我婆婆来说,她唯一的孩子带着全家搬往一个遥远的国家,每周末的探望成为了一件不可能的事,这当然是可怕的。

因此,我每周都会给她写一封信,告诉她我们的生活现状,特别是她的孙儿们正在忙些什么。她把这所有的信都装在一个蓝色的塑料包里。我们回家时,她把这些都还给我们,一整本家族的日记!今天,我为这包信件感到如此高兴,我不会把它们扔掉的。如果有时间,我会将每封信复印五份,给我那五个孩子每人一份。

为了以防我没有时间把所有的信复印下来,我在每个信封上都标注好其中的内容,信中说的是什么。譬如，在邻居家的池塘上滑冰，做一个木头玩具屋，或者是用一个大纸板箱做一个娃娃屋，或者是一些派对，准备圣诞节的布置，等等。

书　写

　　我有一些非常古老的卡片、邀请函和信。有些已经有两百多年了。它们的确很精美，写得也非常细致，或许就是用那种需要一直蘸墨水的鹅毛笔写就的。它们写在薄薄的纸上，现在，在岁月中泛了黄。它们就是一件小型的艺术品。

　　我读书那会，字迹写得清晰整洁是非常重要的。如今，并没有多少人亲手写日记或者写信了。他们写的东西也很难让人读——尤其对那些在写信中从来感觉不到一支笔在手中是怎样动起来的人而言。

　　我在学校里上过一门书法课。绝大多数人都觉得那非常枯燥。老师一定要我们用墨水笔写字，而我们只得不断蘸桌上的墨水瓶。一天，我们实在烦透了他，就把水灌满了所有的小墨水瓶。这样就更让人难以阅读！

我在认别人的字时，并没有什么特别的困难，但是年轻人总认为要认清别人的字是件不可能的事。我想，这或许就是他们写回信总是很困难的原因。当然，坐在电脑前打字写邮件发送要容易得多，也很快，还不需要装信封邮寄，你甚至都不要找一个邮筒。但我仍然觉得，能够在信箱里收到一张明信片是一件快乐的事。

一个年轻的制片团队——我女儿也在其中，正准备拍摄一部关于瑞典伟大的艺术家、导演英格玛·伯格曼的纪录片。他们在看他将近一百年前的字体写就的日记时，遇到了困难，他们因此来寻求我的帮助。要辨认他的字，对我来说也不是件很容易的事，但还不至于像到了地狱那般绝望。我在不经意间发现英格玛·伯格曼一生中一直在思索死亡这个命题，这在他的一些电影中也很明显，但他并不愿费事去做任何与临终整理有关的事。因此，在斯德哥尔摩，我们才有了大量的英格玛·伯格曼的档案。或许，有时候，临终整理也并不是很好——至少，要是你曾经做了大量的工作，可能就会这样。

我不再保存那些稀有的信件和卡片，我写好回信，感谢来信人之后，它们就进入我的粉碎机消失了。只有那张卡片实在太有意思，太漂亮了，我才会把它贴在我的厨房门上，有时候，我会把它放到我的丢弃盒里，待将来的某个时刻再把它翻出来重新回味。

....
我的小黑本

有时候，我在想，我们下一代人还能否读懂近年来从亲戚、朋友那儿收到的或者即将收到的一些小的标签或者可爱而有趣的消息。

我明白，有许多种方式可以在你的电脑里保存你想要保存的一切东西。我有些朋友从来没有接触过因特网，他们没有电脑，没有苹果平板电脑，甚至连手机也没有，他们还不想为这一切烦心。其中，既有男性也有女性。他们声称没这些现代化的发明，他们也能够把事物处理得很好，那其实是不切实际的。好吧，好吧，即便可能真的如此，他们也错过了许多能够让他们每日的生活更方便更有趣的重要信息。有时候我觉得我与我的一些朋友生活在不同的世界之中。

我难以想象没有因特网的话，我该怎么办。有了它，我至少每天都会读一下邮箱里收到的信并给予回复。那可能是一个简单的问题，可能是一封邀请函，或者就是一封普通的信，当然还会有一些我想要删掉的广告。当我想去某个地方的时候，我可能会在网上查找地址、电话，也可以在网上付账单、买电影票或者火车票。

如果我没时间看某个电视节目，我可以等到有空的时候在电脑上看，这就方便多了。在网上，你可以买到几乎所有的东西。你可以把它当作一本字典、一本烹饪书，或者当作其他更多的东西。

科技的进步日新月异，有时人们都难以跟上它前进的步伐，尤其对于我们这些老年人而言。这不仅是因为我们接受新事物的能力比以前慢了，还因为我们很快就会忘记，不得不一遍又一遍地去听，去学。这的确是件非常烦恼又非常累人的事。你必须把许多事情写下来，这在你用电脑的时候显得尤为重要。你登陆一些网站的时候，需要使用密码。过段时间，你的密码就越来越多，哪怕是让年轻人去记，也太多了。

我有一本红封底的小黑本。我把所有的密码就记在这个本子上，这样我在使用电脑时就可以畅通无阻。当我身处另一世界的那一天来临，我的家人可以很方便地找到他们需要的东西。

因特网让交流变得方便，这是件美好的事，而在某种程度上，令人遗憾悲伤的是，许多词句、想法也随之销声匿迹。谁会把一些短讯保存在旧手机里呢？为了保存那些最珍贵的文字，你又打算保存多少部旧手机呢？若你想要翻阅一条短讯，你还得保存所有的手机充电器。那是不可能的。这就是科技进步带来的又一个问题。所有的小工具，在此时是必备品，到了下一刻，就会变得毫无用处。

我始终努力地紧跟时代，废除旧物。我们的轨卡式录音带过时了，我就把它们扔掉了。我的录像带也遭遇了同样的经历，我把其中的内容转变成数字格式，然后把它们扔掉。我那些密纹唱片则不同，我有个女婿专门收集唱片，他挑走了一部分他想要的，剩下的我就扔掉了。

我还忘了说，我还扔掉了过时的卡带式录音机，还有我们放音乐时候用的旋转台。

尽管，一台来自十九世纪二十年代、像艺术装饰品一般精美的面包机至今仍叫人赏心悦目，我还是认为我们如今的这些小工具，充电器、路由器等，在将来几乎是不会有人欣赏的。

较之于你的后人，临终整理对你自己也一样重要，甚至更为重要

我已经一再强调，你做临终整理，是为了让你的孩子、你的爱人不再遭遇处理你所有东西的麻烦。

尽管我认为这个动机非常重要，但这并不是全部。

你也可以仅仅为自己，为自己的乐趣去做临终整理。如果你早一点，在六十五岁时开始这样工作，它将不会像我在耄耋之年才开始这样工作时显得工程浩大。

自身的乐趣，发现意义，重拾回忆的良机，最为重要。在翻阅物品的过程中回想它们的意义，是令人欢愉的。如果你想不起来某件东西有什么意义，不知道自己为什么保存着它，那么它就不再具有价值，你也很容易将其割舍。

如今，我认识许多相对年轻的人，他们没有自己的孩子。

他可能这样想：嗯，我没有孩子，因此我不需要做临终整理。这是错的。

总有人不得不在你身后为你整理，无论是谁，他都会认为这是一项负担。

我们的星球非常渺小，它漂浮在一个无边无际的宇宙之中。在我们消耗的东西的重压之下，它可能会毁灭，恐怕它最终就将如此。如果你自己没有孩子，你仍然应该下定决心去做临终整理。这不仅是因为临终整理所能带给你的快乐，也是为了在这个世界上的那些你不认识的孩子。物品回收和捐赠，既能帮助这个星球，也能把东西送到可能有需要的人身边。

我有个孩子有大量的藏书。她没有自己的子女。这个孩子如今已经有五十岁了，她非常想寻找到一个喜欢阅读的年轻人，这样就可以把部分的书送给他。她的藏书非常精彩，许多原来是我的，也有我丈夫的父母的，最终都成为了她的藏书。

如果足够努力寻找，大多数人都会找到那个可以授以东西的人。如果你没有孩子，那你可能会有兄弟姐妹、兄弟姐妹的孩子，或者你有朋友，有一起工作的同事，有邻居，他们可能很乐意接受你的东西。

如果你找不到任何可以送出自己物品的人，那么就把它们卖了，或者办一个慈善捐赠会。如果你不做临终整理，不告诉人们什么是有价值的，一旦你死了，就会有辆大卡车开来，把你所有的好东西都运到拍卖商那里

（这已经是最好的结果了），或者运到垃圾场。没人会为此高兴，当然，或许拍卖行会。

因此，如果你没有孩子，你仍然有责任对自己的生活做出整理。好好整理一下你的东西，记起它们，或把它们扔掉。年轻人总会开启生活的新篇章，他们开始一个新的家庭，想阅读萨摩赛特·毛姆所有的作品（我承认这很少会有）。你并不一定非得有个血缘关系的人才能把锅碗瓢盆、阁楼上的椅子、旧地毯给他们。当这些年轻人有能力购买他们想要的东西时，他们会将你的旧家具转给朋友，朋友的朋友，如此类推。你无法获悉你的东西将去往何方，如此细想开来，也是桩神奇的事。

如果你把一张旧桌子送给一个年轻人——说出它的故事，当然不是胡编乱造，只是告诉他们曾经在这张桌子上写过哪些信，签署过哪些文件，有哪些想法在这张桌子上得到包容——这个故事会随着桌子在一个年轻人到另一个更年轻的人这样一代代的传递中不断丰富。一张普通的桌子穿越了时光，成就了它的殊性。

我的一个朋友从他一个打算离开斯德哥尔摩的朋友那儿得到一张桌子，那是一张十八世纪的桌子。现在，我们正看着这张桌子。我们坐着在这张桌子上写字的时候,总是很好奇它上面写过什么东西?三百年前,曾经有谁坐在那儿?他们在写什么?为什么写?写给谁?是情书吗?是一桩生意吗?还是一场告白呢?

那是一张美丽的桌子,我们都非常喜欢它,它不仅美丽,而且还有三百年的历史。但愿每一个在它上面写过字的人都可以留下记录,我朋友写了一张小便条,并且把它塞在了桌子里。她很快就将把它转卖,我希望这个传统能够继续下去。

生命中的故事

当然，临终整理，整理的并不只是物品，如果是那样的话，那这件事也不会如此困难。

尽管我们的东西可以带回过往生命中的回忆，但照片或者书信的存在，会把这件事变得更加不易。

那都是我们的情感！重新阅读信件相当耗费时间——你会深陷往事不能自拔，甚至可能梦想着回到往日的时光。那可能会十分美妙地教你想起快乐的往事，也可能会是以别的方式，带给你悲伤甚至绝望。

在看我那些往日的信件中，我曾欢呼雀跃，也曾悲痛而泣。我有时甚至为自己将这些信保存至今而心生悔意。有些事情，我早已忘却，如今，它们却骤然再次到来。又一次！可是，如果你想看到自己完整的人生图景，你就得把它们保存下来，更不用说那些有趣的事情了，它们一定得出现。

我在临终整理上愈是专注，就变得愈加勇敢。我常常自问：会有人因为我将之保存而更加快乐吗？假若待我沉思片刻后仍然能够坦诚地回答"不"，那么它也将被投进我那饥饿的、永远等着吃纸的碎纸机的腹中。但是,在它进入碎纸机前,我会好好回想其中的事情,回忆我当时的感情,无论好坏,我都知道那已经成为了我生命中的一部分。

身后事

我难以理解为什么大多数人都觉得这个话题难以启齿。那是我们所有人将来都绝对无法避免的事。

如果我们生病了，我们会喜欢做出怎样的安排呢？我们会希望在自己死后被如何对待呢？如果我们能够正视这些不可避免的事情，所有的决定权就掌握在我们自己手中。我非常清楚，有时候我们需要专业人士的帮助。或许律师会帮你起草遗嘱，但我没有能力给出合法的建议——我只是一个从事临终整理的人。

至于我们对自己的离世要做怎样的考虑和准备，有许多的选择。任何一种选择都可以是正确的。有人希望把自己的骨灰撒向大海，有人希望火葬或者土葬。当然，关于一个人的过世，他的葬礼，还有许多其他的事情需要考虑。为了让你的亲友免于此类麻烦，你真的可以在自己还有这个能力的时候做好决定。把你的愿望告诉你亲近的人，并且把它写下来。一定要尽力将其变得可操作！

我希望能够借由本书使你开始整理，在念及你为至亲的人们所节约的时间之时，你能够感到快乐。因为他们再也无需将他们宝贵的时间用于整理那些你自己也不再想要的东西。

在此事行将告成之时，我感到如此快慰。或许我还可以到某个地方旅行，或者给自己买一束花，邀请我的朋友们来办一次美好的庆功宴。如果我还没有死的话，我还可能会去购物。再一次！

附 录
来自布胡斯省安德莉亚的三个食谱

安德莉亚的玫瑰果酱

- 玫瑰果 1000 克
- 水 6 毫升
- 白醋 150 毫升
- 白糖 500 克
- 丁香 5—10 朵
- 肉桂棒 1 根，碾碎

把浆果剖成两半，用一个小勺子挖掉中间部分。烧水，放入白醋、白糖、香料。待水沸腾，把清洗好的浆果倒入，继续煮沸，直到把浆果煮软。然后装入罐子，拧紧盖子。不需要放冰箱冷藏。

红甜菜雪莉酒

- 甜菜根 1000 克
- 水 4 升
- 白糖 2000 克

- 葡萄干1包（250克）
- 酵母100克
- 黑麦面包2片（其他面包也可，但白面包除外）

把甜菜在水中煮软，把煮甜菜的水倒入大碗，然后加白糖和葡萄干。像涂黄油一样在面包片上涂上酵母。把面包片放在甜菜水的上端，盖紧盖子，存放一个月，其间每隔一周左右的时间搅拌一下。之后，过滤装瓶。大功告成，尽情享受！

布胡斯省的鸡蛋和芝士蛋糕

- 牛奶4000毫升
- 奶油600毫升
- 白脱牛奶400毫升
- 鸡蛋8—10个
- 糖45克（可供选择——根据你是否把它做成一道甜点而定）

把所有的材料都倒入深平底锅混合。缓慢加热，其间不断用木铲子从底部开始搅拌。注意密切观察，控制不让其沸腾。等它开始变得黏稠形成颗粒状，把锅子放在一边，静置五到十分钟，然后再次加热，不要让它沸腾。

把这团东西用带孔的汤勺舀入模具或蛋糕盘。芝士蛋糕模具或者蛋糕盘边上有一些小洞，如此可便于多余的液体沥出。在你一层层将食材舀入模具的同时，撒一些白糖。或者，你也可以做成无糖的。然后将其静置约四小时。

如果它是无糖的，可以和腌鲱鱼或者腌熏三文鱼一起吃。加了糖的作为甜点的芝士蛋糕和黑莓果酱配在一起就非常完美了。

致 谢

我要感谢斯蒂芬·莫里森,是他鼓励我写下这本书,并一直以来给我提出了如此之多的友好的建议。

我也想谢谢我的出版方南恩·格雷厄姆和斯克瑞伯纳出版社的卡拉·沃特森,还有坎农格特出版社的杰米·宾、詹妮·托德和汉娜·诺里斯。他们的想法使我的这本书得以丰富增色。我也想感谢苏珊娜·李,感谢她在工作上的兢兢业业以及在斯德哥尔摩我们共进的那顿美妙的午餐。

最后,我想感谢我的女儿珍妮和她的丈夫拉尔斯。没有他们的帮助,这本书将永远不会问世。

作者小传

有人问我要自传，我有吗？

我知道，我在一个瑞典的新年之夜出生在哥德堡。那是一个好时候！我还是个孩子的时候，总觉得正因为我出生于这一天，所有的教堂的钟声才会敲响，所有停泊在港口的船只才会鸣笛，烟火才会在夜空绽放。

我的父母深爱着我，即便在我淘气尖叫的时候。我的父亲是一名医生，母亲在家负责日常的生活。在那时女性全职在家是非常普遍的，即便我母亲曾经接受过护理专业的教育。

我七岁时，去了一所非宗教的男女同校的学校念书。高中毕业后，我被斯德哥尔摩的贝克曼大学设计系录取。由于学校的声誉良好，当我完成学业之时，找到一份工作是非常容易的，我却难以做出选择，我不知道自己究竟想做什么。后来我在一家除了食物和文具以外什么都经营的大百货公司做了一名时尚和广告设计师。

　　孩子出生后，我开始在家里工作，我一边抱着尚在襁褓中的孩子，一边投递画作。我也画了许多油画、水彩画和水墨画。1979年，我的首个个人画展在哥德堡举办。后来我在新加坡、中国香港以及斯德哥尔摩和瑞典的其他地方办了更多的展览。在画展上如果一幅画被售出，传统做法就是在它附近的墙上贴上一张红色的圆形贴纸。在大量的展览中，我卖掉了许多画作，因而他们笑说画廊得了麻疹。我喜欢自己作为艺术家的这份职业，至今我仍然喜欢画画。我想我会保存好我的刷子、我的画纸，一直画到生命的最后一刻。

　　我曾经拥有如许的快乐，现在我已经是耄耋之年，渐渐感到乏力，我想让自己慢下来。

　　在过去的几年中，我收集了许多东西，在重新翻看它们的时候，我得到了许多的乐趣，有时候也会很难过，但我真的不希望在我离开以后把这一切麻烦留给我最爱的孩子和他们的家庭。这就是我告诉大家临终整理的原因所在。临终整理是多么美妙神奇,多么富有挑战性啊!